宮崎湖処子《こしょし》　明治青春の詩《うた》

馬場明子

未知谷
Publisher Michitani

はじめに

私の故郷は、福岡県朝倉市（旧甘木市）である。小学生までをそこで過ごしたが、中学からは鹿児島に転居したので、故郷は遠くなった。

祖父母が亡くなり、両親が亡くなると、故郷は一層遠くなった。昔、どんな人が住み、どんな出来事があったのか、ほとんど他人事である。勿論、宮崎湖処子《みやざきこしょし》の名も知らない。ただ、地元に「帰省」という銘菓があり、これが美味なのだが、その包装紙に「このうるわしき天地に　父よ安かれ母も待て　学びの業の成る時に　錦かざりて帰るまで」と書いてあったので、「錦飾りて帰るまで」……か、なんか古いなー。などと、ぼんやり思っていた。

それから四十年以上が過ぎ、自分たちの育った家が取り壊されたと知らせが来た。

築二百年の古家である。兄からのメールには「自分が生まれた家の最後を見届けた。人生必ず終わりがくる」とあった。わざわざ見に行ったのだ。これが、「ふるさと」に思いを馳せ、同郷の湖処子を主題にしたきっかけだ。

湖処子は、福岡県朝倉市《あさくらし》三奈木《みなぎ》出身の明治の詩人である。ところが、代表作『帰省』を読んで、早速挫折しそうになった。漢文調で、文章も言葉も現代に遠く、読み辛い。第一にピンとこない。「これは無理だ」と何度も思ったが、『明治文學全集36民友社文學集』や『明治文學全集60明治詩人集』などの解説を読むうちに、「これは面白い」と思った。昔、教科書で教わった坪内逍遥、二葉亭四迷、北村透谷、国木田独歩などのビッグネームが次々に登場し、湖処子へとつながっていく。明治の文学史が生きて展開するのだ。幾つものエピソードに泣いたり、笑ったりした。知らないことばかりだった。同郷の詩人がそんな人生を送っていたのかと思うと、俄然身近に感じるようになった。

目を閉じると、明治二十年代の東京銀座を歩く湖処子の姿が浮かんで来る。透谷《とうこく》も歩いている。破格の天才梅花《ばいか》の姿もみえる。「明治の詩は明治の詩なるべし」……若き詩人たちは、新しい詩のフォームに挑んだ、新しい詩想や言葉に挑んだ。明治の詩人たちの青春の風が吹きわたっている。

私の様に、明治の詩にも、詩人にも興味の無かった方たちに、湖処子を通して、ちょっとゴツゴツした明治の清新な息吹を感じて頂ければ、喜びである。

尚、本書を書くに当たっては、先達の方々の貴重な文献を参考にさせて頂いたが、木村圭三氏の『宮崎湖処子伝　甦る明治の知識人』の精緻な調査に基づいた実証記録によって、湖処子の全人生が明らかにされた。湖処子理解の大いなる助けとさせて頂いた。

宮崎湖処子　明治青春の詩　目次

宮崎湖処子　明治青春の詩《うた》

第一章　明治のベストセラー

故郷の大洪水

二〇一七（平成二十九）年七月五日から六日にかけて、九州北部を豪雨が襲った。福岡県朝倉市周辺には、十二時間で九〇〇ミリの雨が降り、住宅の被害は一四〇〇戸に及び、四〇人が亡くなった。氾濫した筑後川は、「日本三大暴れ川」と呼ばれ、昔から大きな水害を及ぼしている。今も語り継がれるのは、一八八九（明治二十二）年、一九二一（大正十）年、一九五三（昭和二十八）年の「筑後川三大洪水」だ。この内の明治二十二年の大水害は、東京の雑誌に速報で報じられた。先ず、七月二十日付『東京経済雑誌』[*1]から、

《福岡県下の洪水略報》

福岡県下の洪水については先に概聞を載せたるが今又た社員の郷里より其近報を寄せたればここに抄録して不便の同情を吾愛読者に分かたんとす……此洪水の本元筑後川は大分県豊後の正東より源を発し正西に流れて福岡県に入り筑前筑後の界を為して海に注けり。この沿岸の村邑は大分県には日田是より七八里にして福岡県にては北岸は筑前の上座下座（筑前の南端）の両郡南端にては吉井、久留米等にして……洪水の夕には上座郡の川沿《ぞい》久喜宮村流家十戸、死人十余名の不幸を初めとして次に同郡の古毛村の堤を壊して一大新河を形つくり然る後に下座長田村の堤を壊して前上の新大川を湛えその間幾十村落、幾百町歩の稲流れ、烟草逝き大豆も藍も土より剥がれて亡失し……遂に上流の惨状を証せるには見るも見られぬも嗚咽したりと……

次に、七月二十二日付『国民之友』[*2]、

《福岡の洪水》

筑後河の水氾濫し、古来未曽有の大洪水をなし、その堤防に沿える吉井、久喜

資料①　福岡県筑後川流域地図（参考：福岡地区水道企業団 HP）

宮、久留米、若津は勿論、甘木地方に至るまで洋々たる一面の大海となれり。甘木地方よりの報知に依れば、家屋の流失及潰れ物五百六十五、溺死二十人余り、堤防の決壊四千間、田畑の荒れたるもの六百二十町、……今猶一面の海にして親は子に離れ、姉は弟に別れ、郷党なく、朋友なく、隣家なく、家なく、家族なく、四面只た混々たる濁水を見る……

伝えたのは、東京で記者をしていた宮崎湖処子《みやざきこしょし》。洪水の地が故郷であった。後に明治のベストセラー作家となる人物だ。

＊1　『東京経済雑誌』……一八七九（明治十二）年、田口卯吉によって創刊された経済専門雑誌。自由主義経済の立場から経済、政治問題を論評。

＊2　『国民之友』……一八八七（明治二十）年、徳富蘇峰が平民主義を掲げ設立した出版社の総合雑誌。本章「民友社のカリスマ」で詳述。

湖処子のデビュー

宮崎湖処子の故郷は福岡県朝倉市《あさくらし》三奈木《みなぎ》。ここを舞台に書いた『帰省《きせい》』が、明治二十年代の大ベストセラーになった。わずか三ヶ月で六版を重ね売れに売れた。とに

福岡市
朝倉市
・甘木
三奈木
福岡県
N
0
25
50km

宮崎湖処子　提供：朝倉市

『帰省』（民友社、明治 23 年刊）表紙、写真は第七版、定価 15 銭

かく凄い勢いだったという。当時二十七歳の湖処子はこの一作で文壇の地位を築き、名を残す。

後に文友となる国木田独歩や柳田国男は、湖処子より十歳ほど年下の若者だったが、『帰省』を愛読したと語っている。因みに、明治のベストセラーと言えば、明治五年福沢諭吉の『学問のすすめ』（驚異の三四〇万部）に始まり、二葉亭四迷の『浮雲』、尾崎紅葉の『金色夜叉』と続き、年代が下ると、漱石の『坊ちゃん』、『草枕』……等々。錚々たるラインナップだ。それに比べると、湖処子の『帰省』は余りにも影が薄い。没後一〇一年になるが、湖処子を知る人はほとんどいない。私自身、湖処子と同じ福岡県朝倉市の出身だが、『帰省』を読んだことはなかった。しかし、それでもベストセラー？　「明治のベストセラー」ってどんなもの？　早速、読んでみよう。テキストには、『新日本古典文学大系明治編28国木田独歩　宮崎湖処子集』（二〇〇六年、岩波書店）を使用した。尚、現在まで、湖処子の全集は出版されていない。

本編は九章から成るが、その第一章「帰思」。冒頭に陶淵明《とうえんめい》*の「田園の居に帰る」の漢詩が掲げられ、本文はこう始まる。

去年の秋吾最愛の父斯世を去りしより、月の十七日は我が為に安息日の外なる聖日となれり。此日に於て我は事業を執る前に密室に籠り、楣間に掛かれる吾父の肖像に対して、多事の黙想を経るを例とせり。此の二三年来は、過ぐる月日の偏に急くと思はれしが、今は早や吾述懐に終身悲しかるべき秋立ち回り、淋しき一室も亦七月七日となりぬ。

いやはや、何とも読みづらい。漢字ひらがな交じりなので意味はとれるけれど、文語調というか、漢文調というか、文体に慣れないのだ。しかし、これは序の口で、章が進むにつれ、漢文読み下し調が全開になっていく。更に、読めない漢字や知らない単語が頻発するので、益々読みにくい。テキストの脚注がなければ、理解するのは難しい。しかし、この読みづらさこそが、「明治文学の核心」だとは、思いもよらなかった。これについては本編のテーマなので、詳述するが、その前にとにかく作品のストーリーを紹介しておこう。

左記は、地元朝倉市の「ふるさと人物誌~帰省の前に帰省なし帰省のあとに帰省なし~」から。わかりやすくまとめられているので、お許しを頂いて転載する。

父の死にも帰省しなかった湖処子は、父の一周忌に、兄の強い催促で帰省します。帰省にあたって一抹の不安が脳裏を掠めます。というのも、上京する時、政治家になることが夢でしたが、今の自分を直視するとき、果たして家族はじめ親戚知人は暖かく迎えてくれるであろうかという心配があったからに違いありません。しかし、帰省してみると、不安とは裏腹に人情と平和のすめる故郷がありました。都会とは別世界の田園の理想像桃源郷の故郷の存在、母の実家佐田安谷の美しい自然もそのまま、後の湖処子夫人となる女性の優しいもてなし、六年ぶりの帰郷は、湖処子の心に故郷礼賛を育みました。

一言でいえば、故郷を出て上京した作者の六年ぶりの帰郷記。九つの章の構成のうちに、故郷での三週間の出来事が展開する。各章の冒頭に陶淵明や李白の詩が掲げられ、作者の意図を象徴するスタイルを取っている。因みに、湖処子は陶淵明に心酔し、自分の書斎には「淵明居」と名付けたほどだった。

ストーリーはいたってシンプルだが、とにかく文章が堅苦しい、言葉が難しい。これでは忘れ去られても仕方がないか、……と思ってしまう。しかし、ベストセラーは時代を映し出す鏡でもある。では、『帰省』は明治二十年代の何を反映しているのだろうか。

＊陶淵明……中国東晋の詩人。官位を捨て、故郷で農耕生活を送る。日本では「田園詩人」として親しまれている。

ベストセラーの背景

答えは、読者層にあった。『帰省』が発表されたのは一八九〇（明治二十三）年。明治維新で西洋文明が一気に押し寄せ、社会構造も政治も文化も生活も何もかもが激変していた。その一つに「書生」の台頭がある。

坪内逍遥《つぼうちしょうよう》の小説『当世書生気質《とうせいしょせいかたぎ》』には、「……富も才智も輻湊の、大都会とて四方より、入込む人もさまざまなる、中にも別て数多きは、人力車夫と学生なり」と、その激増ぶりが記されている。当時、地方から上京し、大学や専門学校に通う学生たちは「書生」と呼ばれた。維新後、立身出世を目標に地方から上京し、大学に進学した明治の新興勢力で、数は優に三万人を超えたという（『当世書生気質』には、その数六万以上とあるが……）。九州の片田舎、福岡県朝倉の三奈木から上京し、東京専門学校（現在の早稲田大学）に入った湖処子も書生からスタートしている。当時ベストセラーになった『帰省』の読者の大半は、この書生たちだった。彼等は、幼い頃から私塾で漢籍を暗唱し、四書（論語、中庸、大学、孟子）を叩き込まれていた。だから、漢文の素養があり、『帰省』の文章をすらすらと読みこなせた。というか、当時はそれが当たり前。私が読みづらいと感じた文章は、実は読みやすい文章だったのだ。

かつての文友柳田国男は当時まだ十代だったが、「帰省という思想は、あの時代のごくありふれた、若い者の誰もがもっている感覚で、もっていないものはないといってよいくらいであった。その頃の読者はみな学生で、しかも遠く遊学している者が多いので、みなこの「帰省」を読んで共感したのである」と語っている。

こればかりは、「読まなければわからない」と重々承知しながらも、今風にコピーをつければ「作風は純白無垢。若者の心をつかむ淡い恋物語。聖書やミルトンの西洋詩が織り交ぜられた知的スタイル」。要するに、美しい田園讃歌。しかも、知的でオシャレ……書生たちは競って『帰省』を購入。たちまちベストセラーになった。

加えてもう一つ、大きな理由がある。書生には夏休みという特権があったのだ。明治五年に新暦が敷かれて以降、七月十日から二ヶ月間の夏休みが与えられていた。地方出身の書生たちは、「長い夏休みをどう過ごすか」……。そこから生まれたのが、郷里に帰り、田舎でのんびりと過ごそうという「帰省」だった。本のタイトルはそのものズバリ、発売は夏休みを目前に控えた六月。版元の民友社は、「今や遊子（書生）

の帰省既に近く、郷里の父母情人（恋人）の遊子を待つも亦旦夕（目前）にあり。発刊の上は幸いに購読の栄を賜われ」と煽った。こういった出版社の宣伝効果もベストセラーに一役買っている。当時、民友社は大きな影響力を持つ出版社だった。版を重ねるたびに宣伝し、更に売り上げを伸ばしていく。

故郷讃歌の詩的で美しいイメージを前面に押し出し、若者をターゲットにした効果的なコマーシャル。そういった新しい宣伝スタイルが、『帰省』を明治のベストセラーに押し上げたとも言える。

また、テキストに使用した『帰省』の解説では、藤井淑禎氏が、その点についてこう触れている。

当時青年たちに絶大な影響力を保持していた徳富蘇峰率いる民友社が繰り返しおこなった故郷礼賛キャンペーンは大きな反響を呼び、青年たちの故郷への思いを煽り立てた。それらの多くは『国民之友』誌上に載ったが、いわばその別動隊として『帰省』は出現したとも言えるのである。

民友社のカリスマ

湖処子を語る時、先にあげた民友社を外すことは出来ない。湖処子に大きな影響を与え、かつ文芸活動の大半は民友社を舞台になされているからだ。立上げたのは徳富《とくとみ》蘇峰《そほう》。明治の一大ジャーナリストと評される蘇峰を語るのは容易では無い。時代と思想と行動のスケールが大きく、ディープに絡み合っているからだ。そこで、本稿では湖処子に関連する事柄を中心に説明することにしたい。

一八六三（文久三）年熊本に生まれた蘇峰は、一八八七（明治二十）年、平民主義を掲げて民友社を立上げ、『国民之友』という雑誌を出した。この時、蘇峰二十三歳。驚くべき若さだ。目的は、社会改良と自由主義、平民主義を主張するためだった。創刊時は、政治論や欧米での社会問題、進歩的言論が中心で、文学は飾りものの扱いだったが、付録につけた文学作品が人気を博し、次第に雑誌の中心になっていく。逍遥、露伴、鷗外、四迷など、大家や話題の新人の作品を掲載し、大いに売り上げを伸ばした。明治文学研究の泰斗、柳田泉氏の表現を借りれば、「蘇峰の山は当たった」。ここから出た文学者に徳富蘆花、国木田独歩、そして湖処子がいる。湖処子が『東京経済雑誌』に連載した「国民之友、及び日本人」が蘇峰の目に止まり、民友社入りが決まったのだ。それにしても驚くのは、年齢だ。蘇峰は湖処子のわずか一つ上。集まった社員たちもほとんどが、二十代。改めて明治の若さと蘇峰の大器ぶりを思い知る。勢いに乗った蘇峰は、一八九〇（明治二十三）年二月、新聞を発刊する。『国民新聞』。再び柳田氏の言を借りると、「蘇峰の山が当たり、この新聞も、雑誌と同じく、蘇峰の打算通り巧く成功して、直ちに東京朝日などと伍して、第一流の新聞になった」。

こうして、民友社社員となった湖処子は記者として、新聞に幾つもの論評や作品を載せていく。そして、その年の六月、民友社から『帰省』を出版した。

尚、蘇峰については、『明治文學全集36民友社文學集』にある柳田泉氏の「明治文学と民友社」の解説に依った。蘇峰の人となりが生き生きと描かれていて、大いに参考にさせて頂いた。

第二章　詩の明治維新

三人の学者

青年時代に『帰省』を愛読した柳田国男は、『帰省』を評して「小説ともつかず、感想文ともつかない、新旧の中間にある文学ではあるが……」と言っているが、実際そうだった。小説に見えて、小説では無い。かといって、紀行文でも無い。言わば、それまでに無いノンジャンルの作品だった。今読めば、堅苦しく古めかしい内容も、当時は新鮮なインパクトをもって若者たちに迎えられたのだ。ここに、ベストセラーの一言では片付けられない、湖処子が成した日本文学での重要な立ち位置が見えて来る。

実は、『帰省』以前から文芸の世界は明治維新を迎えていた。江戸から明治へ。一気に西洋文明が入って来た文明開化は、「詩歌」の世界にも及ぶ。それまでの漢詩、長歌、短歌、今様、俳句などを脱して一気に新しい「詩」が生まれていくのだ。文学の明治維新は「詩」から始まった。背景としては、明治に入り、急速に信徒を増やしていったプロテスタントの存在がある。聖書と讃美歌の翻訳に迫られたからだ。更に、これまでの日本語では表現することができない西洋詩の翻訳があった。そういった時代の要請を受けて、文芸の改革を明確に宣言したのが、一八八二（明治十五）年に出された『新体詩抄』だ。書き言葉と話し言葉を一致させる、所謂「言文一致」への指向は、この『新体詩抄』から始まっている。現代の日本文学が、小説では無く、「詩」を源泉としたのは示唆的である。では、『新体詩抄』とはどんなものか。一口で説明するのは難しく、長くもなるが、ここに大変わかりやすい解説を見つけたので、そのままを転載させて頂こう。

明治以来数ある詩集の中で『新体詩抄』ほど文学史上有名でありながら実際はほとんど読まれていない詩集は他にあるまい。それほど現代人には魅力の無い存在であるが、気を入れて読んでみると明治開花期の息吹をじかに感じさせる点では興味ある文献ではある。外山正一《とやままさかず》と矢田部良吉《やたべりょうきち》の二人の仲の良い啓蒙家が道草を食うような軽い気持ちで始めた英詩邦訳の試みが、井上哲次郎《いのうえてつじろう》という良き産婆役を得て僅か数か月で高名の詩集の誕生を観るところまで行ってしまったのである。

（『明治文學全集60明治詩人集（一）』月報72森亮「新体詩抄の詩人たち」）

少し横道にそれるが、説明にある「明治開花期の息吹」は、『帰省』を理解する上で、とても大事だと私は思っている。本稿を書くにあたって幾冊かの解説書を読んだが、明治生まれの柳田氏をはじめとする先人たちの説明に一番の説得力があったからだ。文章に風格があり、堂々としていて明治という時代の息吹を感じさせてくれた。明治の風が吹いているのだ。例えば、やはり明治生まれの湖処子研究家近藤四川《こんどうしせん》氏のこの二行。

『帰省』は詩的散文、叙事的詩篇とも言われる。行文が多分に漢文的で今の若い人には読みづらいところに明治古典の淡い郷愁がたゆとうている。

「なるほど」と、思わず首肯いてしまう。湖処子が生きた時代の「淡い郷愁」が『帰省』の味わいか……。

さて、本論に戻ろう。『新体詩抄』のきっかけは、英国詩の翻訳だった。三人の経歴だが、外山正一と矢田部良吉は東京大学の教授、井上哲次郎は助教授で、各々に専門は異なるが、エリート学者三人である。外山と矢田部はアメリカ留学から帰国後の一八七六（明治九）年のある日、井上の研究室を訪れた。ここで二人は、シェークスピアの『ハムレット』の有名なセリフをどう訳すかで、白熱する。共に譲らない二人の議論を聞きながら、井上はこう考えた。「二君をして新体の詩を改造するの功を専らにせしめざらんと欲す」と。そこで、『東洋学藝雑誌』に、翻訳詩と自分たちの創作詩を合わせて掲載したのだ。さて、その一節とは、《to be or not to be》。各々にこう訳している。

「ながらふべきか但し又　ながらふべきに非ざるか　ここが思案のしどころぞ」（矢田部）「死ぬるが増《まし》か生くるが増《まし》か　思案をするはここぞかし」（外山）

今の感覚からすると、当時の大インテリたちが、この件で侃々諤々やっていたと知ると、何とも微笑ましいけれど、これがきっかけで日本の新しい詩は誕生したのだ。詩の明治維新は『ハムレット』から始まった！

新しい詩のフォーム

三人が目指した志は、『詩抄』に端的に述べられている。

先ず、井上哲次郎は高らかに宣言した。

「明治ノ歌ハ、明治ノ歌ナルベシ、古歌ナルベカラズ、日本ノ詩ハ日本ノ詩ナルベシ、漢詩ナルベカラズ、是新体ノ詩ノ作ル所以ナリ」

外山は江戸っ子らしくユーモアたっぷりで威勢がいい。

「我等が組に至りては、新古雅俗の区別なく、和漢西洋ごちゃまぜて、人に分かるが専一と、人に分かると自分極め、易く書くのが一つの能。見識高き人たちは、可笑しなものと笑わば笑え……」

一方、矢田部は後年こう語った。

「我々が。我々の作に。新体詩という名称をつけたのは、在来の長歌。若くは短歌などとは異なった一種新体の詩なるが故でありました。……昔より在り来たりの詩歌に異なりたる詩的の作は。皆これを称して新体詩と謂はんとするのが。我々の考えでありました」

やはり、詩の明治維新だ。これを評して、詩人の矢野峰人（因みに、氏も明治生まれ）は、こう解説する。

『新体詩抄』に収められた作品は、創作たると翻訳たるとを問はず、すべて確固明白な目的、新しい詩体を興そうという意識をもって試みられたものである。これらの詩が特に「新体詩」と呼ばれていることは、軽々にみるべきではない。それは「新作の詩」ではなく、「新体の詩」なのである。（中略）この「新体詩」という記念すべき名称は、明治四十一、二年頃迄用いられ、やがて「短歌」に対し、一時「長歌」と呼ばれ、最後には単に「詩」と呼ばれるようになった。

こうして日本の「詩」が誕生した。

そういえば、夏目漱石の『坊ちゃん』の赤シャツのセリフに、「……文学書を読むとか、又は新体詩や俳句を作るとか、なんでも高尚な精神的娯楽を求めなくてはいけない」と、ある。『坊ちゃん』は一九〇六（明治三十九）年の作だから、新体詩は明治後期まで高尚ハイカラで通っていたことがわかる。そうそう、漱石は坊ちゃんに、こうも言わせている。「学問は生来どれもこれも好きでない。ことに語学とか文學とか云うものは真平御免だ。新体詩などと来ては二十行あるうちで、一行も分からない」

と、シニカルだ。

翻訳詩

では、どんな詩が取り上げられたのか。翻訳詩十四篇、創作詩五篇の、合わせて十九篇である。少し長くなるが、目を通して頂きたい。

《翻訳詩》

ブルウムフィールド「兵士帰郷の詩」(訳　外山正一)

カムプペル「英国海軍の詩」(訳　矢田部良吉)

テニソン「軽騎隊進撃の詩」(訳　矢田部良吉)

「船将の詩」(訳　矢田部良吉)

グレー「墳上感懐の詩」(訳　矢田部良吉)

ロングフェロー「人生の詩」(訳　外山正一)

「玉の緒の詩」(訳　井上哲次郎)

「児童の詩」(訳　矢田部良吉)

チャールス　キングスレー「悲歌」(訳　矢田部良吉)

シャール　ドレアン　「春の詩」（訳　矢田部良吉）
シェーキスピール　「ヘンリー四世中の一段」（訳　外山正一）
シェーキスピール　「ハムレット中の一段」（訳　外山正一）
シェークスピール　「ハムレット中の一段」（訳　矢田部良吉）
シェーキスピール　「高僧ウルゼーの詩」（訳　外山正一）

＊人名表記は原文のママ
＊シェーキスピール、シェークスピールは共にシェークスピアのこと
＊「人生の詩」、「玉の緒の詩」はロングフェローの同じ詩を二人が各々に訳したもの

《創作詩》
抜刀隊　（外山正一）
勸學の歌　（矢田部良吉）
鎌倉の大仏に詣でて感あり　（矢田部良吉）
社会学の原理に題す　（外山正一）
春夏秋冬　（矢田部良吉）

訳詩の評価については筆者の力の及ぶところで無いので措くとして、取り上げられ

たのは、十八世紀から十九世紀初頭に活躍したイギリスの詩人が多い。なぜだろう。これについて矢野峰人は、明治六年に岩倉具視の依頼で来日したイギリスの教育者ジェームズ・サマーズの名を挙げ、「当時東京開成学校で、シェークスピアやミルトンなどを教え、三人にとっては最も親しみ深かったのではないか」と推察している。やはり、明治維新の波及か。

この詩集の一番の功績を挙げれば、「口語体」を目指したこと、次に詩題を広く求めたことだ。これまでの花鳥風月にとらわれず、詩題を社会学の原理や人生の悩み、思想にまで開放した。詩人の矢野峰人は「彼らは、単に理論を高唱するのみでなく、率先実行したのである。まことにその勇気と革新の意気込みとは尊敬に値する。もとより彼等は文学を専門とする人でなく、況や詩作に長じた人でもなかったから、その出来栄えを、専門詩人の作品に比するのは、妥当ではないが、……それは『革新』でなく『創造』の試みであった」と評価する。外山正一、三十五歳、矢田部良吉、三十二歳、井上哲次郎、二十八歳。日本の「詩」は、三人の若き学者たちによって誕生した。そして、その試みは、湖処子はじめ、北村透谷、中西梅花、国木田独歩など、後に続く詩人たちに大きな影響を与えていく。

グレイの詩

ここにきて、『新体詩抄』に収められた詩を一篇も紹介していないことに気が付いた。軍歌あり、人生の詩あり……どれにしようかと考えて、トマス・グレイの「墳上感懐の詩」を選んだ。墓場で詠んだので「墓畔詩」とも呼ばれる。名詩として名高く、当時の若者たちに愛唱された。そして、選んだのには、もう一つの理由がある。この詩は、湖処子に大きな影響を与えたのではないかと推察するからだ。それについては後述する。では、冒頭の一節から。尚、訳は矢田部良吉。

グレー氏　墳上感懐の詩（抄録）

山々かすみいりあひの　　鐘ハなりつつ野の牛ハ
徐に歩み帰り行く　　耕へす人もうちつかれ
やうやく去りて余ひとり　　たそがれ時に残りけり
四方《よも》を望めバ夕暮れの　　景色ハいとど物寂し
唯この時に聞こゆるハ　　飛び来る蟲の羽の音

遠き牧場のねやにつく　羊の鈴の鳴る響
猶其外に常春藤《つた》しげき　塔にやどれるふくろふの
近よる人をすかし見て　我巣に冠をなすものと
訴へんとや月に鳴く　いとあハれにも聲すなり

田舎の農村の夕景が物悲しくも美しい。墓場に眠る人を前に、人生の無常がうたい上げられるが、かなりの長詩なので、全てをご紹介できないのは残念だ。ご海容頂きたい。

風当たり

新しい創造や革命に反発が強いのは世の常だが、『新体詩抄』への攻撃は相当なものだった。井上哲次郎が「吾人が予想せしがごとく非難の声は果たして各方面より来たれり」と言っている様に、嘲笑、批判……、四面楚歌だった。例えば歌人の池袋清《いけぶくろきよ》風《かぜ》*は、「詩にもあらず、歌にもあらずまた文章にもあらず、而も措辞甚拙劣鄙柄にして読むに絶えず」と新体詩を痛罵。この批判は『国民之友』に三回にわたって連載されている（明治二十二年一月〜三月）。発表から七年たってもこの風当たりである。「作品が季節を無視していること、訳者に風雅を解する資質が無いこと、詩語が生硬であること」などを挙げ、徹底的に叩いた。元来、詩は翻訳できないものだという考えが清風の根底にはあったのだ。

＊池袋清風……一八四七（弘化四）年生まれ。同志社神学科の出身で、桂園派の歌人。桂園派とは、江戸後期に香川景樹が京都で創始した和歌の一派。多くの歌人を育て、磯貝雲峰はじめ、若い詩人たちにも影響を与えた。

それでも、新体詩が当時の文学者や若者を大いに刺激したのは間違いない。明治文学は「文語から平語」への文体改革の模索から始まる。しかし、グレイの詩が愛されたのは、ロマンティックな内容はもちろん、やはり、口唱しやすい五七、七五調の調べだったからだ。「新体」と言っても、掲載の詩は、全て従来の七五調であり、押韻を踏んだものも踏まないものもあった。日本古来の韻律は容易に崩せない。

これは、かなり悩ましい問題ではないだろうか。口承という視点に立てば、翻訳詩といってもやはり七五調でなければ、口にはなじまない。広く愛されないのだ……。

それで、思い出したのが、作家の長部日出雄の文体論だ。長部は、太宰治の『走れメロス』の七五調を例に取り、「客観的な散文を志して出発しながら、最高潮の箇所にさしかかると、太宰の文章は子供のころから大好きで、体の芯に刷り込まれているといっていい、伝統的な〈語り物〉の韻律と旋律を帯びるのである」と指摘する。

続けて「……まだ文字が大衆のものとなる以前は、口で語られて聞く者の耳に入る神話、伝説、昔噺から、平家物語、浄瑠璃、説教、祭文、浪花節などの語り物――すなわち旋律をともなった口承文芸が、多くの享受者を楽しませ、感動させ、カタルシスを味わわせてきた」と述べる。確かに、「祇園精舎の鐘の声、諸行無情の響きあり」で始まる『平家物語』は、高校時代に暗記させられたので、今でも諳んじることが出来る。日本文学はやはり五七、七五のリズムに支えられているのだ。湖処子の『帰省』のベースも、もちろん七五調だが、『新体詩抄』が出た明治十五年には、湖処子十八歳。まだ上京していない。しかし、二十一歳で東京専門学校に入るや、文壇に吹き荒れる文体改革の嵐の中に投げ込まれることになる。

『十二の石塚』

さて、「新体詩」だが、批判の嵐の中で、新しいフォルムが創出されていく。「物語詩」の登場だ。『新体詩抄』から三年後の一八八五（明治十八）年六月、湯浅半月《ゆあさはんげつ》によって『十二の石塚』が披露された。

旧約聖書「ヨシュア記」から材を取った六八八行からなる一大叙事詩である。文体は五七調リズムの美文調文語体。半月は湖処子より六つ上の一八五八（安政五）年の生まれ。詩人で聖書学者。驚くのは、自作のこの詩を同志社大学神学科の卒業式で朗唱したというエピソードだ。

では、どんな内容だったのか。物語は、ヨルダン河とエリコとの間にあるギルガルの丘に立つ十二の石塚を指して、「あれは何ですか」と尋ねる九歳の息子エホデに向かって、母親がその由来を語る所から始まる。母は、息子に「エグロンこそは国の仇、父の仇なれ。」と言い聞かせる。やがて成長したエホデは、父から託された形見の剣を持ってエリコに入り、仇のエグロン王を討つまでを描いた物語だ。

こう書けば、いかにも分かりやすいが、何しろ物語は、旧約聖書にあるイスラエルの民のエジプト脱出からレビ記、民数記略、申命記を経て、ヨシュア記と繋がっているので、そう簡単にはいかない。ところが、半月は、この長い物語を極めてわかりやすく、格調高く歌い上げた。その理由は、半月のストーリーテイラーとしての才だ。

では、クライマックスの仇討ちシーンを例に取ってみよう。

形見の剣を手に、敵の城内に入り、エホデが仇のエグロン王に近づいたシーン。

上衣もておほひしみぎの　腰よりぞあハや左手《ゆんで》に　寶剣《つるぎ》をバぬくよとミしが　は
や王の胸板ふかく　刺通し鋩《きっさき》背《そびら》に　あまりける菅《すが》のまくらも　真白なるかやの
むしろも　くれなゐの血しほに染て……

五七調に乗って目に浮かぶようにドラマティックに語られている。

ところが、「ヨシュア記」には、息子エホデの仇討ちなど無いのだ。あるのは、「ヨシュア記」に続く「士師記」の第三章（十五節〜三十三節）だ。十八年もの間、モアブの王エグロンに支配されていたイスラエルの民に、神が救いの手をよこす。それがエホデだ。つまり、父の仇を討つためではなく、イスラエルを救うために遣わされたのだ。旧約聖書には、同じシーンがこう記されている。

エホデ長き一キュピトなる両刃の剣を作らせこれを衣のしたに右の股《もも》のあたりにおび　贈り物をもたらしてモアブの王、エグロンのもとに詣《いた》る。エグロンは甚だ肥たる人なりき……エホデ左の手を出し右の股より剣を取りてその腹を刺せり。柄もまた刃とともに入りたりしが脂肉刃を塞ぎて之を腹より抜き出すことあたはずその鋒鋩《きっさき》うしろに出づ。

半月に比べると、極めてリアルで、淡々とした記述だ。母が言い聞かせた父の仇討ちも、形見の剣も創作なのだ。いやはや……。聖書に精通した半月だからこそ脚色できた物語といえるだろう。その完成度の高さは、五七調文語体の韻律が、何の抵抗もなくというより、逆に効果を発揮して物語の虜にしてしまう。半月の語りを聞いてみたかった。
詩人の矢野峰人は、これを指して「我が新体詩創始期の最高記念碑」と評している。

『孝女白菊』

『十二の石塚』から更に三年後の一八八八（明治二十一）年には、落合直文《おちあいなおぶみ》の『孝女白菊』が出た。この時、湖処子は東京専門学校卒業後一年の二十五歳。東京経済雑誌社に入っていた。大ヒットした長篇の物語詩だったので、当然読んでいただろう。

この詩は『新体詩抄』の生みの親、井上哲次郎が漢詩で書いた物語に感動した落合直文が、漢字ひらがな交じりでわかりやすく七五調の長篇詩に（言わば）翻訳したものので、多くの人々に広く愛唱された。「漢詩から新体詩へ」の典型かもしれない。

物語を要約すると、西南戦争で行き方知れずになった父親を捜し求める孝行娘の物語。この娘は、阿蘇の山里に群生する白菊の中から拾われ育てられたので、「白菊」と名付けられた。やがて乙女となり、杳として帰って来ない父親を案じながら、ひたすら帰りを待っていた。その冒頭の詩文。

阿蘇の山里秋ふけて　眺めさびしき夕まぐれ　いずこの寺の鐘ならむ　諸行無常

とつげわたる　をりしもひとり門を出て　父を待つなる少女あり

なめらかな七五調に乗って、乙女の姿が目に浮かぶように歌われている。ある日、とうとう娘は待ちきれずに父親を探しに出て、山賊に囚われてしまう。そこに一人の若い僧が現れ、娘を助ける。僧の話を聞けば、「自分は、あなたを育てた両親の一人息子だ」と言う。血はつながっていないけれども、兄にあたるのだと打明ける。とにかく二人で父を探そうと、一旦家に帰ると、そこに父親が戻っていた……というハッピーエンドで終わる。

要約すると味気ないが、直文の詩はわかりやすく、素直に心情に訴えかける力がある。絵本になり、歌にもなったというから人気のほどが窺えよう。英語やドイツ語版も出たという。新体詩を物語として広めた功績は大であり、この作品で新体詩の可能性を証明したと言われている。因みに、落合直文は湖処子より三つ歳上で、この詩を発表した時は二十七歳。気鋭の歌人だった。

こうして、ストーリー性に富んだ物語が「長詩」という形で親しまれるようになると、詩は限りなく散文のフォルムへと近づいていく。そう、「小説」の誕生　だ。

口語体の小説

半月の『十二の石塚』が披露されたその年、坪内逍遥《つぼうちしょうよう》の『小説神髄《しょうせつしんずい》』と『当世書生気質《とうせいしょせいかたぎ》』が世に出る。逍遥は、小説とは何かを『小説神髄』で述べ、その実践として『書生気質』を発表した。ところが、それに満足しなかった弟子の二葉亭四迷《ふたばていしめい》が、「これが小説だ」と言わんばかりに『浮雲』を完成させる。一八八七（明治二十）年、逍遥の小説宣言から二年後のことだ。これによって、日本に初めて「小説」が誕生する。登場人物たちの心理描写でストーリーを進める新しいスタイル。しかも、言文一致の文章で書かれた大革命だった。どんなものか、少しだけ引用してみる。

主人公の文三と恋人お勢のやり取りの場面。

　文三が二階を降りてソットお勢の部屋の障子を開ける。その途端に今まで机に頬杖をついて何事か物思いをしていたお勢が、吃驚《びっくり》した面相《かおつき》をして些《すこ》し飛び上ッて居住居《いずまい》を直おした。（略）
「お邪魔じゃありませんか
「イイエ
「それじゃあ

ト言いながら文三は部屋へ這入って座に着いて

聞けば、透谷や藤村は「どうしたらあんな文章が書けるのだろうか」と驚愕したという。文芸評論家の中村光夫は、「『浮雲』の出現は当時の文壇において画期的事件であった。……二葉亭は一躍にして一流作家の列に加えられた。これは二葉亭の異常な文学的才能と共に、また当時の文壇の若さを語るものであろう」と述べている。

確かに若かった。何しろ、四迷の『浮雲』が二十三歳、大家の逍遥でさえ『当世書生気質』が二十六歳。半月の『十二の石塚』が二十七歳、直文の『孝女白菊』も二十七歳だったのだから。

四迷と同年の湖処子も勿論そうであった。『帰省』は、『浮雲』から三年後の明治二十三年に出版され、これもたちまちベストセラーになる。『新体詩抄』から『帰省』まで、明治二十年代は、文壇に革命の嵐が吹き荒れる只中にあった。後に湖処子と詩集を出すことになる田山花袋は、当時まだ文学青年だったが、それでも嵐の様子をリアルに語っている。

とにかくそういう風に、その時分の文壇は混沌としていた。それに、内容よりも文章が先であった。「そうさな、奴もちっとは書けるようになった」とか、「イヤにバタ臭い文章だな」とかいう評語が、誰でもの口に上った。その癖、文体の統一と言うことはまだ少しも出来ていなかった。言文一致、それにもたくさんの種類があったし、雅俗折衷、それにも思軒調、篁村調、西鶴張、近松張などという別があった。紅葉などでも一作毎にその文章の変化を考えて筆を執った。

「内容よりも文体《フォーム》」！　料理の味よりも盛り付ける器が大事だったということか。驚きである。大混乱、暗中模索だったのだ。そんな嵐の中から、もう一人の天才が出現する。

『楚囚之詩』

文壇に大きな衝撃を与え、ベストセラーとなった四迷の『浮雲』からわずか二年後の一八八九（明治二十二）年、またもや驚きの作品が登場した。『楚囚之詩《そしゅうのし》』。書いたのは、北村透谷《きたむらとうこく》。二十歳であった。湖処子より四歳年下だが、東京専門学校では一年先輩に当たる。では、どんな詩なのか、一部の抄録となることをお許し頂き、お読み頂こう。

第一

曾て誤って法を破り　政治の罪人《つみびと》として捕ハれたり、余と生死を誓ひし壮士等の数多あるうちに余はその首領なり、中《なか》に、余が最愛の　まだ蕾《つぼみ》の花なる少女も、国の為とて諸共に　この花婿《はなむこ》も花嫁《はなよめ》も。

第二

余が髪《かみ》は何時《いつ》の間《ま》にか伸《の》ひていと長し、前額《ひたい》を蓋《おお》ひ眼を遮《さえぎ》りていと重し、肉は落ち骨出で胸は常に枯れ、沈み、萎れ、縮み、あゝ物憂し、歳月を重ねし故にあらず、又た疾病に苦む為ならず、浦島《うらしま》が帰郷の其《そ》れにも、はて似付かふもあらず、余が口は枯れたり、余が眼は凹《くぼ》し、曾て世を動かす弁論をなせし此口も、曾て萬古を通貫したるこの活眼も、はや今ハ口ハ腐《くさ》れたる空気を呼吸し　眼は限られたる暗き壁を睥睨《へいげい》し　且つ我腕は曲《まが》り、足は撓《な》ゆめり、嗚呼楚囚！　世の太陽ハいと遠し！　噫此ハ何の科《とが》ぞや？　ただ国の前途を計りてなり！　噫是ハ何の結果ぞや？　此世の民に盡したればなり！　去れど獨り余ならず、吾が祖父は骨を戦野に暴《さら》せり、吾が父も国の為めに生命《いのち》を捨たり、余が代《よ》には楚囚となりて、とこしなへに母に離るなり。

……と、第十六章まで続く三四二行の長篇叙事詩である。漢字や言葉が難しいので、最後までたどり着くのは大変だ。けれど、すでにここまで読んで、七五調、五七調にとらわれない文体にお気付きと思う。主人公の気持ちを一人語りする新しい文語自由体である。

物語は、政治的信条を共にした獄舎の友人を想ってうたったもので、バイロンの『シヨンの囚人』*に想を得たと言われている。囚人の肉体や精神の苦痛を訴えるが、最後は特赦で解放された喜びで終わる。花鳥風月とは正反対の囚人を主人公にした政治的テーマはこれまでに見られなかったものだ。

＊『シヨンの囚人』……スイス、レマン湖近くにある古城に幽閉された宗教改革者の獄中での独白を綴った長詩。バイロンは十九世紀に活躍した詩人で、明治以来、日本でも広く知られた。

ところで、この詩を読み終えた時、私はすぐに湖処子の『帰省』に思いが至った。「そうか、そうだったのか」という直感だ！『楚囚之詩』と『帰省』では、テーマも歌いぶりも全く違うけれど、『楚囚』に漲るテンションが「湖処子を引っ張ったな」と感じたのだ。透谷の磁力が『帰省』に及んだのだと。そんな私の思い込みは、透谷の掲げた「序」を読んで確信するに至った。

余は遂に一詩を作り上げました。大胆にも是れを書肆の手に渡して知己及び文学に志ある江湖《こうこ》の諸兄に頒《わか》たんとまでは決心しましたが、実の処躊躇しました。……然るに近頃文学社界に新体詩とか変体詩とかの議論が囂《かまびす》しく起りまして、勇気ある文学家は手に唾して此大革命をやってのけんと奮発され数多の小詩歌が各種の紙上に出現するに至りました。是れが余を激励したのです。是れが余をして文学世界に歩み近よらしめた者です。……余は確かに信ず、吾等の同志が諸共に協力して素志を貫く心になれば遂には狭隘《きょうあい》なる古来の詩歌を進歩せしめて、今日行わるる小説の如くに且つ最も優美なる霊妙なる者となすに難からずと。……元とよりこれは吾国語の所謂歌でも詩でもありませぬ、寧ろ小説に似て居るのです。左れど、是れでも詩です。余は此様にして余の詩を作り始めませふ。

もう間違いない。透谷は、新体詩の議論が盛んな中で、「吾等の同志が協力して素志を貫く心になれば、文革は成る」と言っている。同志の一番は湖処子だったのではないか。親しかった二人は、文革への大志を誓い合っていただろう。それを裏付ける湖処子の回想がある。透谷の自宅で夕食を共にした湖処子が帰ろうとしたその時、一冊の詩集が手渡された。

新に版より上り来れる「楚囚之詩」一巻を贈りて曰く、斯の如きもの出来たり、君の一覧を煩わさむと、受けて帰り、一読再読三読して、君が詩想の富瞻《ふうせん》（豊か）にして、君が情感の熾盛《しせい》（盛んなこと）なるに驚きぬ。……君は詩人なりしなり。

（『国民新聞』明治二十七年六月五日「透谷を懐ふ」）

これは、文学史上貴重なエピソードではないだろうか。何しろ、透谷自身が、『楚囚之詩』が余りに大胆に過ぎると恥じて、出版社に中止することを頼み、既に印刷したものは破り捨てたというのだから（その為、『楚囚之詩』は貴重本になっている）。それほど思い入れのある一冊を、さりげなく湖処子に手渡した。自負と恥じらいを含んだ青春の矜持が迸《ほとばし》っている。『楚囚之詩』！　帰るとすぐにそれを読み、透谷の非凡な才能と情熱を見抜いた湖処子。私はこのシーンだけで、湖処子と透谷が好きになった。二人については、第六章で詳述したい。

第四章　カオスな世界

出郷関曲

　透谷から『楚囚之詩』を渡されてから一年後の一八九〇（明治二十三）年、湖処子は透谷に応えるように『帰省』を出した。ここまで来て、「やっとか」と、ため息の読者もいらっしゃるだろう。すみません！　しかし、それだけ詩の明治維新は手強かった。「明治ノ詩は明治ノ詩なるべし」と「新詩」宣言がなされてから八年。湖処子は「これが自分の新体詩だ」と『帰省』を発表する。しかし、透谷や四迷の様に、ラディカルにはなれなかった。それは、「温厚」と言われた彼本来の気質から来ているのではないだろうか。漢詩と新詩、文語と口語、伝統と革命……その葛藤の結果として『帰省』が生まれた。このバランス感覚が、湖処子を理解するポイントになると私は考えている。では、作品をみていこう。いよいよだ。

『帰省』は、先にも述べたが、「帰思」、「帰郷」、「吾郷」、「吾家」、「郷党」、「恋人」、「山中」、「追懐」、「離別」の九章から成る帰省してからの三週間の出来事が時系列で進行するわかりやすいストーリーだ。章ごとに読み進めれば、湖処子の生い立ちや思想、人柄が良くわかる「自伝」にもなっている。

上京して六年、父親の死に帰ることができなかった湖処子が一周忌に当たる八月に帰郷を決心するところから話は始まる。

湖処子は一八六四（元治元）年、筑前国下座郡三奈木村《ちくぜんのくにげざぐんみなぎむら》（現・福岡県朝倉市三奈木）の富農、宮崎仁平と母チカの三男として生まれ、八百吉と命名された。[*1] 北に屏風山を望み、延々と田園が広がる山紫水明の地…、平たく言えば、純で穏やかな田舎である。

湖処子は、地元の私塾で漢籍を学び、才童と呼ばれるほどの秀才だった。福岡市にある進学校（当時福岡中学）に学び、二十一歳で上京。一八八四（明治十七）年、東京専門学校（現・早稲田大学）政治科に入学する。書生の項でも書いたが、地方出身の若者たちは、親の期待を一身に受けて上京し、学校を出て立身出世するのが目標だった。現在の学歴社会とそう変わりは無いが、覚悟が違った。そういった志を抱いて六年前に故郷を出た時の気持ちを詠んだ「出郷関曲」[*2]を、湖処子は『帰省』の第一章に持ってきた。七五調の新体詩である。

一　さてもめでたき一《ひと》さかひ。いかに月日ののどかなる。小川《おがは》に媼《ばば》は衣《きぬ》あらひ、野辺に翁は秣《まぐさ》かる。

二　囲む高峯《たかね》はまへうしろ、流るゝ水もみぎひだり、浮世へだてし村のいろ、今も昔の世に似たり。

三　竹の林に風ふけば、絃《いと》なき琴の音もひびき。森の小枝《さえだ》に春来れば、画《ゑが》くにまさる花にしき。

四　百代《ももよ》伝ふる此里に、安く老いぬる親ふたり。此処にぞ幸《さち》はあるべきに、われは都にのぼるなり。

五　首途《かどで》ゆかしき春げしき、にほふ桜や桃のはな。わが行く方にかぐはしき、馨《かをり》は今日のなごりかな。

六　駒のあゆみのなどおそき、「すゝめ。」と鞭をあぐれども。橋の柳に風そよぎ、枝にひかるゝ旅ごろも。

七　遥《はるか》に村を過《すぐ》れども、わが父母はまだ去らじ。見ゆる形は消ゆれども、親は立つらむ猶《な》ほしばし。

八　今一度《ひとたび》とふりむけば、うつゝに消なむばかりなる。我ふるさとの面影は、かすみの根にぞ沈むなる。

九　このうるわしき天地《あめつち》に、父よ安かれ母も待て、学びの業《わざ》の成る時に、錦飾りて帰るまで。

尚、第九連の句は、湖処子生家跡に建てられた歌碑に『帰省』として、刻まれている。

＊1　湖処子の自伝によると、一八六三（文久三）年九月二十日生まれだが、戸籍登録が一年遅れたため一八六四（元治元）年生まれとなったとある。本稿では、戸籍に従った。

＊2　「出郷関曲（しゅっきょうかんきょく）」……故郷を出る歌という意味。「男児志を立て郷関を出づ」という幕末の僧、月性の有名な句がある。

エデンの園

こうして上京はしたものの、東京での生活は決して甘くなかった。例えば、湖処子の現実をみても、東京大学には入れず、エリートコースに乗れなかった事実。また、卒業間近に女性とのスキャンダルを起こし、青春の蹉跌となった出来事。しかし、これらの事は、『帰省』には書かれていない。卒業後は、田口卯吉《たぐちうきち》＊の東京経済雑誌社

宮崎家実家跡　朝倉市三奈木

歸省
とのうるはしき天地《あめつち》に
父よ安かれ母も待て、
學びの業《わざ》の成る時に、
錦かざりて歸るまで。
湖處子

歌碑

に入社。生計の道が開けた。この年に、父、仁平が亡くなっている。先にも書いたが、やがて徳富蘇峰に声をかけられ、民友社に入る。当時の社員は竹越三叉、人見一太郎、塚越亭春楼、平田久、金子春夢など、ひとかどの人物ばかり。各人について詳しく語る余裕はないが、どちらにしても蘇峰の眼鏡にかなった才人の集まりで、若かった。談論風発の社風だったと想像される。湖処子は、そんな中に飛び込んだのだ。勢いに乗った民友社は、一八九〇（明治二十三）年二月に、『国民新聞』を創刊する。卒業、就職そして転職するや新聞の立上げと、目の回る忙しさだった。そんな時期に父親が亡くなったのだ。帰りたくても帰れる状況ではなかった。くり返すが、その多忙の年の六月に、『帰省』は発表されている。

＊田口卯吉……一八五五（安政二）年～一九〇五（明治三十八）年。経済学者で歴史学者、政治家でもあった。一八七九（明治十二年）に東京経済雑誌社を立ち上げる。

物語を続けよう。父の一周忌に合わせて湖処子は六年ぶりに帰郷する。一口に帰郷と言っても、東京から博多を経て故郷の三奈木までは約一二〇〇キロメートル。故郷は遠かった！　到着したのは、出発してから五日目のことだ。その時の感激をこう書く。

ア、、嬉《うれ》し、今よ故郷は吾目に見えたり。車輪村の端に上ぼりし時は、我思はずも車（人力車）を飛び下りて其路艸に接吻したり。実《まこと》や此処に我は故郷の我たりき、其一杯の土も我為に尼丘《ぢきう》。錫倫《セイロン》。ベッレヘムとも思はれて。

（第二章「帰郷」）

尼丘《ぢきう》とは、孔子の生誕の地。錫倫《セイロン》、ベッレヘムとは、イスラム教、キリスト教の聖地のことである。この様に『帰省』には、旧約聖書からの引用や譬えが随所にみられる。

例えば、「吾旧友たる農夫、職工、猶は馬丁すらも、皆洗濯衣を装ひつ、、……吾前に喝采を挙げたり。我は凱旋歌に浮かされて、一巨人の如く闊歩しつつ旧友に接したり」という故郷の大歓迎ぶりを指して、「東京には磯の真砂《まさご》、故郷には家の基礎《いしずへ》、時の間に張る吾名こそ、宛《さな》がら預言者ヨナの瓢《ふくべ》」と、「ヨナ書」を引く。「ヨナ書」には、《神がヨナを諭すために暑さに苦しむヨナに対して、一夜のうちに瓢《ひょうたん》の木を茂らせ緑陰を与えるが、翌朝には、またたく間にこれを枯らして太陽の強い日差しで苦しめる》とある。この様に、一夜で変わったヨナの待遇を、故郷と東京とで極端に扱いが異なる自分の境遇に重ねてみせる。

湖処子は熱心なクリスチャンだった。入信のきっかけは、前述した青春の蹉跌だった。卒業間近の一八八六（明治十九）年、二十三歳の時、牛込教会で洗礼を受ける。このことが、文学はもちろん、湖処子の後の人生を決定することになる。当時、キリスト教徒（プロテスタント）になった若者は多い。湖処子周辺をみても、北村透谷、国木田独歩、島崎藤村……など。明治文学は、この影響を抜きには語れないのかもしれない。

『帰省』の中で縷々語られるのは、故郷礼讃と東京への軽蔑、嫌悪だ。これが、作品全体に流れる通奏底音になっている。各章に必ずといっていいほど出て来るやり取りがある。幾つかを挙げてみよう。

「東京はどんな所か」と尋ねる村人たちの質問に応えて、

……我は敢て告白す、都は寂しき社会なりと。……蓋し都会の声は個々乱れ弾く音楽の如く、賑やかなるに似て騒がしく、村家の声は合奏したる調子の如く、淋しきに似て甚だ温かなれば、都会は一時の滞留に適するのみ、永久の住居は村落にこそあれ。（第五章「郷党」）

叔母「定めて東京とは聞きしに勝る都ならん。首途の折の涙も、都に着けば乾くと聞く」
湖処子「誰も然は云はるれど、故郷の人は宛も鏡に写る吾面の如く、古びもせず疎くもならず、何時も懐かしく思はる」(第六章「恋人」)

こんな具合に、東京嫌悪と対をなす故郷への憧憬が全編にちりばめられている。そして、幾つかのやり取りの中から、湖処子の嘆息が聞こえて来るのだ。

今や生活の大迷宮、人世の中心なる都会に出て、歩み難き行路の難に陥り、吾才の我を活すに足らざるを悟り。(第三章「吾郷」)

なにしろ、周囲は当代きっての論客ばかり。一言一句に神経をすり減らし、気の休まる時は無い。しかし、もはや後戻り出来ない自分を、「悲しき哉我既に智慧の果を食ひぬ」と、禁断の実を食べてしまったアダムとイヴになぞらえる。そして、故郷をエデンの園とみなし、東京の対極に置く。

見よ渠等《かれら》（故郷の人々）の眼は妄念の花に曇らず、其呼吸は都人の銅臭（銅銭の悪臭）なく、其言語は名誉の気息を吹かず、嫉妬も怨恨も其胸中を侵《おかさ》ず。

（第三章「吾郷」）

と、郷党（ふるさとの人々）を讃える。続けて、『旧約聖書』詩編一一五章からとった言葉、「天はエホバの天なれど、地は人の子に与へ玉へり」を挙げ、地に種まく農夫を神の恵みを受ける最高位に置く。

しかし、故郷の人々を讃えれば讃えるほど、湖処子の東京での生活が如何に苦しいものかが浮かび上がってくる。それを表現するのに、湖処子は聖書の教えを援用した。憧れの東京には出たものの、ままならない現実への挫折……。ベストセラー『帰省』は、そういった明治の若者たちの屈折を映し出す鏡でもあった。「純で甘い」と評される『帰省』だが、苦い隠し味が施されていたのだ。

初恋の味

ところで、『帰省』には、可憐な花が添えられている。湖処子の恋物語だ。これが、作品の大きな魅力になって物語を動かしていく。透谷は、「恋愛は人生の秘鑰《ひやく》（秘密の鍵）」と言ったが、湖処子も秘めた恋愛の鍵を持っていた。相手は、養子にいった次兄、元吉の妻の妹だ。名を服部睦子（ムツと呼ばれた）という。湖処子帰省の隠された目的の一つは、故郷の恋人にあった。こうして作品の半ばから恋物語を展開させる構成は巧みで、ベストセラーになったのも首肯ける。今も昔もラブストーリーは物語の王道だ。「恋人」の章は、彼女の家を訪ねるシーンから始まる。六年ぶりの再会である。

実に恋人は美しくも年長けて、転《うた》た可憐の児となりぬ。
渠《かれ》（恋人）は今手づから落とせし梨子を冷水に浸して運び来り。薄紅に光る顔もて、包丁操りて無言に皮剝《む》き初めたり。叔母は（次兄の妻の母で、恋人の母親に当たる）、「日頃郷《おんみ》が愛《めで》たりし此梨子、何時も好く実りしが、今は五年、然なり卿が上京せし後一秋も実らず、漸《やうや》く今年になりて、枝の折るる程実りぬ」と云へば、「宛《さな》がら卿《おんみ》を待ちしに似たり」と母の語尾より恋人始めて物云ひしが、忽《たちま》ちに心付きてや、耳熟して再び語を改めつゝ、「去るにても此間の風にて三分一も落ちつらん」と云へり。我は心底に叫びたり、渠が胸の音を早や聞きたれば梨子幾個落つとも遺憾なしと。

（第六章「恋人」）

因みに、湖処子は梨が大好物だった。だから、夏を愛した。続けての湖処子の告白がまた甘い。愛の告白の前に無粋だが、梨について一言加えると、恋人の住む地区は寒暖の差が大きい気候で、甘くて果汁が多い梨の産地だった。もう一つ、付け加えさせてもらうと、私の父も梨が好物だった。父の母の実家がこの辺りで、梨は夏休みのおやつだったという。

此の家の梨子の味の如きは、我嘗て味はひたる最も甘味のものなることを、況《ま》して今日は苦熱の後と云ひ、殊に秘密の味あるをや。

恋人の剥いてくれた梨はさぞ甘かったろう。梨は湖処子の初恋の味だ。何とも清らかで初々しいシーンに、読者は胸がキュンとしたのではないか。若者は純愛が好きだ。正に、「恋愛は人生の秘鑰」なのである。そうして、二人の愛をロマンティックに、謳い上げる。

田舎の愛は一種の宗教の如く、愛の生霊を受けざれば感ずる能はず、又た容易に他の冷眼にも発《あば》かれざるなり、然れども一たび機微に感ずる時は、情の潜熱、涙の伏流は、相思の幻影となりて、夜毎の夢の鏡に写る、今や吾情人も亦《また》何気もなく我に献じ、我に酌みて無言なりしも、屋上の名月二人の影を壁上に映しぬ。

（第六章「恋人」）

『帰省』は全編漢文訓読調だが、この詩文は殊に力がこもったのか、漢詩調全開である。

この章でもう一つ私が注目したのは、冒頭で述べた筑後川洪水に関する湖処子のルポだ。恋人の家から三里離れた被害の大きかった村を訪ね、一ヶ月後の洪水の跡を確認している。

酷熱にも拘わらず、筑後川に沿ひて上り、行々新たなる沙場を経て、古川といふ一村落に至り、天より落ちたる洪水の迹、地より失せたる世界の礎を巡回迂曲し、村落の荒敗、深淵となれる桑畑、一夜に成りし墓場、生還りて死を求むる飢《が》莩《へう》の惨状等、他の嘆息の時に発すべき一歎線を、脳裏に留めて帰りしなり。

こうして取材した現状は、『東京経済雑誌』論説欄に、「洪水の迹」と題して詳報されている（明治二十二年九月十四日付四八七号）。湖処子の故郷への想いを示すと共に、記者としての真摯な姿勢を証しているように思う。

絶唱

淡い恋物語の次に置かれたのは、「山中」と題された章である。「山中」とは、朝倉郡高木村佐田《たかきむらさだ》を指す。佐田は、母チカの実家で三奈木から東へ三里の距離だ。地元の人たちでさえ、「地の果てのように遠い」という深山幽谷の地である。湖処子は幼い頃、ここで遊んだ。上京する直前には、佐田村の小学校の教師をしていたこともある。思い出深い土地だ。彼は、村を「桃源花」と呼び、こよなく佐田の自然を愛した。この体験が湖処子の人生観、文学に深い影響を与える。『帰省』全編の中で、「これでもか」と言わんばかりに、佐田の自然を細密に、流麗に描く。先ず、村に入る瞬間の描写から見てみよう。

此処より北方愈《いよいよ》上りて愈《いよいよ》奇なる自然の裡に、廻渓を過ぎ、遠林を穿ち（つき抜け）、嶮峰を攀《よ》じ（険しい峰をよじ登り）、深壑《しんかく》を附し（深い谷を見おろし）村閭《そんりょ》（村の門）なる独木橋（丸木橋）を過ぎて、昼猶ほ冥き洞道（トンネルのようなもの）に

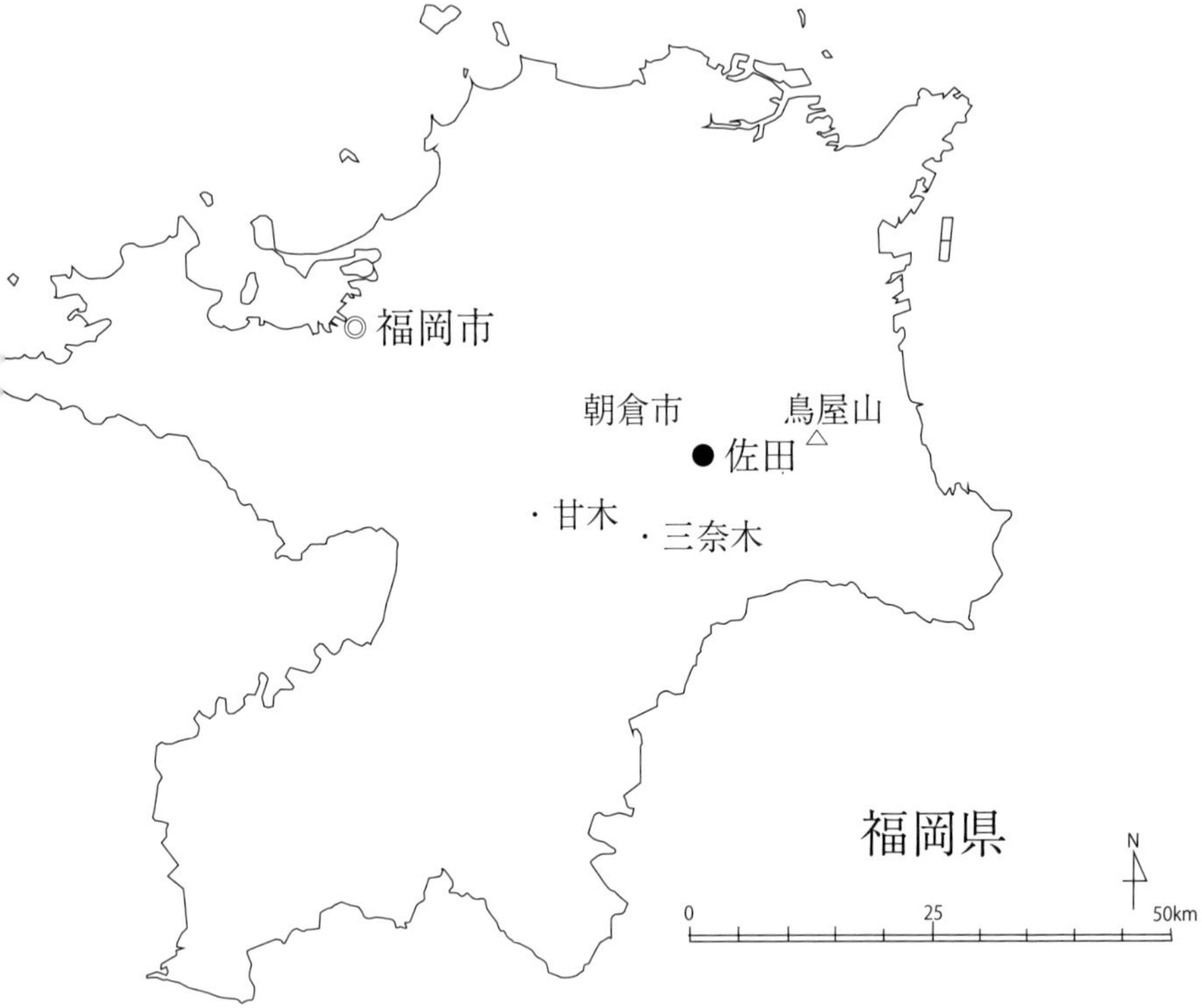
福岡市
朝倉市
鳥屋山
佐田
甘木
三奈木
福岡県
N
0
25
50km

入れり。五十歩を過ぐると思ふ頃、豁然《かつぜん》（からりと）として路開くれば、眼中の烟村、これぞ我武陵桃源なる佐田村、吾母の故郷なりける。

これは、陶淵明「桃花源詩」にある「初極狭、纔通人。復行数十歩、豁然開朗。土地平曠、屋舎儼然」（初め極めて狭く、わずかに人を通すのみ。また行くこと数十歩、豁然として開朗。土地平坦として、屋舎儼然《げんぜん》たり）にそっくりである。少年の頃の湖処子が諳んじていた声が聞こえてくるようだ。佐田村時代には、昼間は野良仕事に勤しみ、夜は淵明の詩を愛唱したと聞く。桃源郷さながらの理想の生活を送った「山中」には、若き日の純粋な幸せを懐かしむ感動が溢れている。そのせいだろうか、漢詩的表現や漢語が多用され、益々漢文調全開になっていく。力が入ると、自然そうなるのだろう。そして、漢詩の韻律に乗って、白眉とも言える表現が溢れるのだ。例えば、「今炊烟《すいえん》は茅茨《ぼうし》を蒸し、山路の樵夫は落暉と枯薪を負ひ還り、渓下の牧童は地を捲く暮色を曳き来れり」……茜色に染まりゆく帰村の夕景が何とも美しい。これは、第二章で挙げたグレイ「墳上感懐の詩」の一節、「山々かすみいりあいの　鐘ハなりつつ野の牛ハ　徐に歩み帰り行く……四方を望めば夕暮れの　景色ハいとど物寂し」に匹敵する名句ではないか。「山中」の章は、湖処子が持てる力を出し切った白眉、白熱のロマンスである。もう一つ例を挙げよう。徳富蘇峰が絶賛した一文だ。

一頭を枕に寓《の》せ、六身を褥《しとね》に委ね、我早我を支えず、夜静かに意蔵《おさ》まる其時……微《かす》かに痴《にぶ》き唐臼の響に、五躰は悠然として眠る其時、霊魂は戸外に忍びぬ、天上の月を採らん為に、地上の星を拾はん為に、清き流を嘗めんために、円《まど》かの夢を捉へん為に。

「是れ何等の好句ぞ、清想ぞ、捉へ来たりて水晶盤裡に盛るも、亦以て溢賞と云ふ可からず」と、蘇峰の褒めぶりはすごい（『国民之友』明治二十三年七月、八十八号）。いやー、版元の社主とは言え、「褒める時はこうまで褒めるものか」と感心させられた。こうしてみると、新しい文体を目指した湖処子だが、やはり「漢詩」を離れることは出来なかった。いや、むしろ漢詩の力を借りた表現に全力を注いだ。幼い頃から愛唱した漢詩の韻律が体に深く刻まれているからだ。ここで、湖処子自身の回想を聞いてみることにしよう。

当時は新思想と旧文藝の関係が遠くて新思想を発表する言葉に乏しかった。殊に当時そういう大胆な抱負を持っては居たが、元来政治家になる積もりであったので、旧文藝の素養がなくて非常に困難を感じた。第一に困ったのは形式であった。文字に困った。それで仕方なく、外山博士や矢田部先生が前にやって居られた新体詩の衣鉢をついで一歩を加えようとしたのであった。当時「帰省」を書いたが、散文の方では漢文の力を借りてまあ自分の思ふことだけの思想を発表することが出来た。

（『文章世界』明治四十三年）

「やはり」である。湖処子は、散文では、得意の漢文の力を発揮して『帰省』のロマンスを構築した。自信もあった。それが、「山中」での絶唱となったのだ。

湖処子の新体詩

やがて三週間の休暇を終え、東京に戻る日が近づく。「斯くて故郷の快楽、恋愛の希望、自然の景色、漸く画巻の捲き尽され、幻影の醒めゆく如く移る裡に……」と、物語は終章の「追懐」、「離別」へと向う。

この二章では、恋人との別れ、家族との別れがしみじみと語られる。文体は漢文調が薄れ、和文調になっていく。そして、「離別」には、七五調の新体詩二つが謳われている。先ず、恋人との別れをうたった詩。抄録となるが、お許し頂きたい。

一　唯一年に一度を、星の逢瀬と墓なきは、六とせをこえて来つる身を、あわれと君も思へかし。

三　人目の関にへだてられ、たのしく語る由もなし。言なく君に逢ひぬれば、言なく君に別るかも。

四　黙すは愛のあまりぞ、と　昔しも云へば、もろともに　云はぬは云ふにいやまさる、真心かはす外ぞなき。

六　去らば恋人顔見せよ。悲しきとてなうつむきそ。君が面影今一度、胸の鏡に写りてよ。

そして、もう一つ。これは、三連詩。

一　暮れてゆく日は又明けず、今日も昔となるめれど、たのしき時は故郷の、追《おも》懐《ひ》にぞ残りける。

二　別れては又逢ふことの、ありや、いつぞと知らねども、恋しき人は故郷の、追懐にぞ残りける。

三　雲の通路、波の音の、及ばぬ旅に我ゆけど、愛《め》でたき景色は故郷の、追懐にぞ残りける。

『帰省』には全部で五つの新体詩が詠まれているが、どれも素朴な言葉で気取りが無く、分かりやすい。「山中」の絶唱とは対照的でさえある。しかし、湖処子は新体詩には相当苦しんだらしい。先の『文章世界』の回想を続けて読むと、「（散文は思い通りに書けたけれど）韻文では左様は行かず、非常に開拓が困難で、自分では相当に苦心して居たにも係わらず出来るものは悪詩のみで、社中の攻撃も随分あったが、自分は大胆にやっていた」とある。

湖処子は透谷の『楚囚之詩』の磁場の中で『帰省』に臨んだ。燃えていた。しかし、故郷から戻って翌年の出版まではわずか十ヶ月、正味にすれば、半年ほどしかない。しかも、その間『国民新聞』の立ち上げで忙殺されていた筈だ。だのに、どうして一気に書き上げることができたのだろう。実現できたのは、自分自身のリズム、漢詩の力がベースにあったからだ。ところが、韻文ではそうはいかなかった。改革の一歩を「新体詩」に求めたが、ベースが無かった。「新体詩」から『帰省』まで八年を経過していたが、「新詩」はまだ成熟していなかったのだ。そういう視点に立てば、『帰省』は、明治文革のカオスの中に着地した作品だと言える。

田園詩人

では、ここで改めて、『帰省』の文体に着目しながら、文学史的評価をみていくことにしたい。

先ず、坪内逍遥から。逍遥は、湖処子の東京専門学校（現・早稲田大学）時代の師であり、湖処子への影響は大きかった。その事に少し触れると、逍遥は東京大学卒業後、一八八三（明治十六）年に請われて東京専門学校の講師になっている。というのも、学校は、大隈重信の創立で、リベラルの風が吹いていた。このため、官学の圧力を受け、教師の確保に窮していたのだ。そこで、逍遥に白羽の矢が立った。逍遥この時二十四歳。「言文一致」を唱え、小説『当世書生気質』を発表するバリバリの前衛だった。私など、逍遥と言えば、シェークスピアの大家であり、肖像写真にあるメガネをかけた白髭の老人のイメージが強いが、湖処子とは五歳しか違わない青年だった。

影響を受けない訳がない。逍遥門下の「もう一人」を加えておけば、北村透谷だ。透谷は東京専門学校開校翌年の一八八三（明治十六）年に十四歳で入学している。現在の感覚で言えば、まだ少年だが、専門学校では、湖処子の一年先輩という事になる。

　そんな逍遥は、『帰省』を翻訳文の本家及び「言文一致体派」の系統とし、「漢文の教養を基礎にして、欧文脈直訳体を模索する新しい文体」と評した。そう言えば、湖処子の文体は「ハイカラでバタ臭い」という評があったと聞く。結局、「明治二十年前後が言文一致体を生み出すための激しい文体改革期、もしくは激動期であった」と逍遥は振り返る。正に、『帰省』執筆の時期だ。しかし、「漢文の教養」は分かるが、「欧文脈直訳体」とはどこを指しているのだろうか。

　主人公が、家族や村人との会話を口語体に近い文体で展開させていく試みだろうか。それとも、聖書や西洋の詩を引用する翻訳調の文体で新味を出す文章だろうか。そうだとすれば、漢文調の骨格に、漢詩、新体詩、聖書、西詩などが入り混じったカオス状態を指すことになる。カオスと言えば、『帰省』第九「離別」の章に、「已《やん》ぬる哉《かな》浦島太郎の龍宮の三百歳も三日に目覚め、リップ*山中の一百年も一夜に過ぎたる如く、我も亦二週間の故郷の幻影を、一呼吸の如く暮らしたれば……」とある様に、『帰省』

は、アメリカの作家ワシントン・アーヴィングの『スケッチ・ブック』の影響を受けているというのが定説である。浦島太郎にリップ……『帰省』は、正にカオスの坩堝の中にあった。

＊リップ……ワシントン・アーヴィングの小説『スケッチ・ブック』にある短篇の一つ「リップ・ヴァン・ウインクル」の主人公リップが、猟に出て山中に迷い込み、一夜を楽しく過ごしたが、帰ってみると二十年も過ぎていたというアメリカ版浦島太郎。同書は、湖処子の早稲田時代にテキストとして用いられていた。

一方、蘇峰は、文体については実に注目すべき言及をしている。

此書の如きは精巧なる英文の調子を以て、縦横自在に和漢の文学を使役し、その眼に映じ、心に感じたるものを……極めて真実に写し出したる者にして、乃ちこれを名つけて一種の無韻詩*と云ふも不可なきなり、然り詩若し理想を人間の生活に応用する者ならば、この小冊子は即ち詩なり。

（『国民之友』明治二十三年七月　八十八号）

＊無韻詩……英語で blankvers という。韻律はあるが、押韻はもたない詩の事。イギリスの詩人ワーズワースやキーツ、テニスンなどが復活させた。

目から鱗ではないか。『帰省』は「詩」なのだ。先に、『帰省』はノンジャンルの作品と書いたが、実は「詩」、それも「物語詩」だったのだ。そう捉えると、『十二の石塚』、『孝女白菊』そして『楚囚之詩』の流れを継いだ作品ということになる。湖処子自身は韻文と散文とを分けて考えていた様だが、散文も含めて全編が、自伝の形をとった物語詩。そう、『楚囚之詩』の磁場から生まれた湖処子の「長篇叙事詩」だったのだ。明治文学研究の泰斗、柳田泉は、「詩人の魂を遊ばしめたものであり、詩化された故郷の詩化された物語である」とした。そして、『帰省』をこう総括する。

現実の故郷を純化浄化して、ロマンチックな人間、山河、村落と愛すべき田園的舞台をつくり、そこに一条の清らかな恋物語を添えたものである。……かくして出来た『帰省』は、散文形式の記録物語ではあるが、その実をいえば詩である。直ちに詩とはいわぬまでも、情の高まりを得て描きなした田園画なのである。……明治維新以来の文学は勿論、古来の和漢文学にない新しい文学が出来た……出来た物語としては、殆どこの種のものの理想的なものといってもよい。

こうして、湖処子は「田園詩人」の地位を確立する。もう一つ付け加えよう。歌人の太田水穂は、「韻文界の時代創始者――明治の詩想変遷史」（『文章世界』明治四十一年）の中で、こう述べている。

同じく明治二十三年頃、宮崎湖処子が出た。自然の観方に於いて、日本従来の旧套を打ち破った功は磨すべからざるものである。……後年評家をして英の湖畔詩人に似ると云はしめたのも、強ち不当ではないのだ。

ここで英の湖畔詩人というのは、イギリスの詩人ウイリアム・ワーズワースを指す。湖処子の号は、ここから採られたとも言われている。彼の詩を翻訳し、生き方にも心酔していた。日本で初めてのワーズワース伝『ヲルズヲルス伝』*を書いたことでも知られる。これについては、第七章で触れることにしたい。

＊『ヲルズヲルス伝』……民友社が出した『十二文豪』叢書の内の一冊。他にバイロン、カーライル、トルストイなど、当時の文壇の精鋭たちが、得意の作家の伝記を著したもので、文学青年たちに大きな影響を与えた。

梅花、前線に立つ

先に、坪内逍遥の「明治二十年前後が言文一致体を生み出すための激しい文体改革期、もしくは激動期であった」という言葉を引いた。そこで、もう少し視野を広げて、湖処子の周辺はどうだったのか。それを検討するために、湖処子と三人の詩人を取り上げてみたい。

北村透谷《きたむらとうこく》、中西梅花《なかにしばいか》、磯貝雲峰《いそがいうんぽう》である。なぜ、この三人か？　湖処子と同年代であり、明治二十年代に「新体詩」に取り組み、創作のピークを迎えているからだ。

年齢から見よう。湖処子は、一八六四（元治元）年生まれで透谷より四歳上、梅花より二歳上で、雲峰よりは一歳上である。湖処子が一番の年長だが、同じ青春期を生きた詩人たちだ。先ず取り上げたいのが、中西梅花。とにかく面白いのだ。梅花を理解するために、彼の代表作とも言われる「出放題《でほうだい》」を抄録する。

きのふハ過ぎぬ、明日は未だし、
君に若し、
肉あらバ、食ハせ給へや、
君に若し
酒あらバ、飲ませ給へや、
世の中ハ、
今日の外、唯現在の今日の外、
明日も明後日も無きものを、
あらバ其ハ、あだなる名のみ、
あらバ其ハ、むなしき名のみ、
世の中ハ、
唯おもしろきものなるを、
其おもしろきものとてハ、

刊行案内

No. 58

（本案内の価格表示は全て本体価格です
ご検討の際には税を加えてお考え下さい

ご注文はなるべくお近くの書店にお願い致しま
小社への直接ご注文の場合は、著者名・書名・
数および住所・氏名・電話番号をご明記の上、
体価格に税を加えてお送りください。
郵便振替　00130-4-653627 です。
（電話での宅配も承ります）
（年齢枠を超えて柔軟な感受性に訴える
「８歳から８０歳までの子どものための」
読み物にはタイトルに＊を添えました。ご検討
際に、お役立てください）
ISBN コードは 13 桁に対応しております。

総合図書目録

未知谷
Publisher Michitani

〒 101-0064　東京都千代田区神田猿楽町 2-5-9
Tel. 03-5281-3751　Fax. 03-5281-3752
http://www.michitani.com

リルケの往復書簡集二種完結

＊「詩人」「女性」からリルケ宛の手紙は本邦初訳

若き詩人への手紙

若き詩人Ｆ・Ｘ・カプスからの手紙11通を含む

ライナー・マリア・リルケ、フランツ・クサーファー・カプス著
／エーリッヒ・ウングラウプ編／安家達也訳

208頁 2000円
978-4-89642-664-9

若き女性への手紙

若き女性リザ・ハイゼからの手紙16通を含む

ライナー・マリア・リルケ、リザ・ハイゼ 著 ／ 安家達也 訳

176頁 2000円
978-4-89642-722-6

8歳から80歳までの

岩田道夫の世界

子どものためのメルヘン

岩田道夫作品集　ミクロコスモス ＊

フルカラー A4 判並製 256頁 7273円
978-4-89642-685-4

「彼は天才だよ、作品が残る。生きた証も人柄も全てそこにある。作家はそれでいいんだ。」（佐藤さとる氏による追悼の言葉）

波のない海＊

192頁 1900円
978-4-89642-651-9

長靴を穿いたテーブル＊

──走れテーブル！　全37篇＋ぷねうま画廊ペン画8頁添

200頁 2000円
978-4-89642-641-0

音楽の町のレとミとラ＊

ブーレの町でレとミとラが活躍するシュールな20篇。挿絵36点。

144頁 1500円
978-4-89642-632-8

ファおじさん物語　春と夏 ＊

978-4-89642-603-8　192頁 1800円

ファおじさん物語　秋と冬＊

978-4-89642-604-5　224頁 2000円

らあらあらあ　雲の教室 ＊

シュールなエスプリが冴える！　連作掌篇集　全45篇

廊下に出ている椅子は校長先生なの？　苦手なはずの英語しか喋れない？　空から成績の悪い答案で出来た紙飛行機が攻めてくる！　給食のおばさんの鼻歌がいろんな音に繋がって、教室では皆が「らあらあらあ」と笑い出し……

192頁 2000円
978-4-89642-611-3

ふくふくふくシリーズ　フルカラー64頁　各1000円

ふくふくふく　**水たまり＊**　978-4-89642-595-6

ふくふくふく　**影の散歩＊**　978-4-89642-596-3

ふくふくふく　**不思議の犬＊**　978-4-89642-597-0

ふくふく　犬くん　きみは一体何なんだい？　ボクは　ほんとはきっと　風かなにかだと思うよ

イーム・ノームと森の仲間たち ＊

128頁 1500円　978-4-89642-584-0

イーム・ノームはすぐれた友だちのザザ・ラパンと恥ずかしがり屋のミーメ嬢、そして森の仲間たちと毎日楽しく暮らしています。イームはなにしろ忘れっぽいので　お話しできるのはここに書き記した９つの物語だけです。「友を愛し、善良であれ」という言葉を作者は大切にしていました。読者のみなさんもこの物語をきっと楽しんでくださることと思います。

郵 便 は が き

適宜な
切手をお貼り
下さい

〒101-0064

東京都千代田区
神田猿楽町2-5-9
青野ビル

（株）**未知谷** 行

ふりがな	お齢
ご芳名	
E-mail	男

ご住所 〒	Tel. - -

ご職業	ご購読新聞・雑誌

愛読者カード

ご購読ありがとうございます。誠にお手数とは存じますが、アンケートにご協力下さい。貴方様の貴重なご意見ご感想を賜わり、今後の出版活動の資料として活用させて頂きます。

本書の書名

お買い上げ書店名

本書の刊行をどのようにしてお知りになりましたか?

書店で見て　　広告を見て　　書評を見て　　知人の紹介　　その他

本書についてのご感想をお聞かせ下さい。

ご希望の方には新刊書のご案内をさせて頂きます。　　要　　不要

信欄（ご注文も承ります）

唯現在の今日のほか、
明日も明後日も無ものを……アハハ、アッ、ハッ、ハ、
唯笑へ、笑ふて遊べ、
世の中ハ、
唯現在の今日の外、……

「アハハ、アッ、ハッ、ハ」なんて、とにかく痛快だ。これは、明治二十三年の『国民新聞』に掲載された長詩だが、現代詩と言っても通用するのではないだろうか。二十三年といえば、『帰省』出版の年だ。全く異質の作品が、新体詩として同じ舞台に登場していたことに驚いてしまう。

梅花は、一八六六（慶応二）年、東京の生まれ。『読売新聞』に入り、小説を連載するなど頭角を現したが、退社。その後、徳富蘇峰を頼って『国民新聞』に作品を発表する様になる。次ページの表は、明治二十三年に『国民新聞』と『国民の友』に発表された梅花と湖処子の掲載数を比較したものだが、『国民の友』と合わせると、湖処子二十一本、梅花十四本。中々の数である。全盛期かもしれない。「出放題」はこの

1890年 （明治23年）	湖処子（1864～1922） 27歳	梅花（1866～1898） 25歳
国民新聞	17本 貧民の生活 高きにすすめ （ロングフェロー訳） 花、呉初子に對ふ 別天楼主人に謝す 波上の花 天 （トーマスムーア訳） ５月の朝の歌 （ミルトン訳） 謙遜 愛 雲雀 貧者 二羽の鳩 （ツルゲーネフ訳） 山田美妙斎を訪ふ 夏遊 山田美妙に答ふ 迷宮六日 ※６月『帰省』出版	11本 依田百川君 坪内逍遥君 森鷗外君 をかし記 江戸紫に就き紅葉尾崎君に寄す 想鴨河納涼に走せて 旅徒然 何処かの誰かに與ふ 遮漠天 小説葉末週に就て所感 出放題
国民之友	4本 曙 こころ 湖わたり 嗚呼	3本 滴々露 静御前 李清連が菩薩蛮の意を訳す

年の十二月に発表されている。翌年には、それを含めて『新体梅花詩集』を博文館から刊行する。

二十五歳で、初めての詩集を出した梅花は、その後体調を崩し、一八九八（明治三十一）年、三十三歳で亡くなっている。精神を病み、狂死したとも伝えられた。短い生涯だったが、テーマや詩型に拘らない破格の作品を残した。
破天荒、奇抜と評される梅花だが、新体詩にかける情熱は実に真摯なものだった。坪内逍遥に宛てた梅花の手紙がそれを明らかにしている。

只唯、日本在来のものにては、あまりに小品にて、骨折甲斐無く、去りとて支那流は勉強致さなければ是も出来申さず、同じ苦しむなら何か別に機軸を出度《いでたき》とふと思ひ寄りしが、小生、新体詩をつくり初めし最も初めの意志にて……。

（明治二十四年四月八日）

湖処子と全く同じではないか。思い出して頂きたい、彼が『帰省』を書くにあたって、「新体詩の衣鉢をついで、一歩を加えようとした」という言葉を。時期も全く同じだ。奇抜奔放な梅花の詩は湖処子を驚かせ、刺激を与えたに違いない。二人の志士ならぬ「詩士」たちに共通していたのは、新しい世界を求めて、その機軸を「新体詩」に置いたということだ。
詩人の矢野峰人は、梅花の功績をこう総括する。
「要するにこの一巻（『新体梅花詩集』）に収むる所の詩は、出来栄えよりも、何等かの点に於ける「実験」であると同時に、彼によって、思想面への詩野拡大が指向されている所に、歴史的意義が有ると言ってよかろう」と述べ、「彼に次いで現れた北村透谷により、内面生活への深い沈潜へと進み、ここにはじめてわれわれは、新時代の青年の直面した人生問題に対する苦悩煩悶の声を聞くに至った」と、透谷へつないでいる。

更に、詩人で文芸評論家の山宮允は『日本現代詩大系』第一巻の解説で、やはり透谷へとつなぐ。

　こうした（梅花の）虚無的人生観、乃至懐疑派思想の表白は……現実生活に対する強い不満乃至否定の感情の、皮肉にして悲愴な表白であったとみるべきであろう。かくて梅花は透谷と共に、現実生活よりの遊離に起った温和派の浪漫詩人と異なる範疇に属する『硬心《タフマインド》』型、乃至露伴の（言う）所謂「急激派」の浪漫詩人であった。

明治二十年代前半、梅花は、文革の最前線を疾走し倒れた。そう知ると、天才型タフマインド梅花の刹那的と言われた詩句が如何にも切ない。

《……唯現在の今日のほか、／明日も明後日も無きものを……》

歌なるや、詩なるや

本書を書くまで、申し訳ないことに、私は雲峰を全く知らなかった。同郷の湖処子でさえ良く知らなかったのだから、当たり前かもしれないが……。

雲峰とは磯貝雲峰《いそがいうんぽう》を言い、一八六五（慶応元）年、群馬県安中に生まれた。『十二の石塚』の湯浅半月と同郷である。そのことが、その縁かどうかはわからないが、一八八五（明治十八）年に同志社に入学する。このことが、雲峰の文学的生涯を決定づけた。同志社で池袋清風に和歌を学ぶからだ。清風は、桂園派の歌人で、『新体詩抄』を「詩にあらず」と、徹底的に叩いたことでも知られている（第二章参照）。そんな清風の愛弟子だった彼が、新体詩の詩人として名を馳せるのだから、運命とはわからない。卒業後は、明治女学校の教員になるが、一年で辞職。辞職後は『女學雑誌』*の編集者になり、同誌を舞台に活躍する。そして、一八九一（明治二十四）年、代表作となる長篇叙事詩『知盛郷』を発表。以降、『国民之友』、『同志社文学』、『中京文学』等に、詩歌、小説、訳詩、評論を寄稿し、新詩檀をリードした。

＊『女學雑誌』……女性の地位向上、女子教育を目的に一八八五（明治十八）年～一九〇四（明治三十七）年に亘って発行された本格的女性雑誌。

雲峰は、才能を高く評価されていた和歌をベースに新詩に挑んだ。その覚悟をこう述べている。

我国新体詩の隆盛思ふに遠かるまじ、余はこれを信じて疑はず、されど如何なる詩体と句調を有するもの出づべきやは、もとより知る所にあらず、……余未だ浅学詩歌の事坏知るものにあらず、されど一片の奇好心は遂に余をして此（知盛郷）を起草せしめたり、自ら知らず、歌なるや、詩なるや、将たまた文章なるやを、只是徒らに七五の句調を乱用して文字を並べしのみ

と言いながらも、新しい時代がすぐそこにある事を確信していた。だから、雲峰は、長篇詩『知盛郷』を一気に書き上げたのだ。この時二十七歳。湖処子が『帰省』を発表したのと同じ年齢だ。二人は、手探りで新しい詩の形を求めた。雲峰の「自ら知らず歌なるや詩なるや、はたまた文章なるやを」という言葉は、師の清風が『新体詩抄』を批判した「詩にもあらず、歌にもあらずまた文章にもあらず」をそのままそっ

くり引き取っている。尊敬する師への配慮からだろうか。それとも、率直な思いからだろうか。雲峰は、和歌の伝統と新詩との間で葛藤する！　湖処子が、漢詩と新詩の間で揺れた様に。しかも、この時期、皮肉というか、必然というべきかわからないが、湖処子は松浦辰男門下の「紅葉会」に入り、和歌の勉強を始めている。雲峰が学んだ桂園派である。和歌と漢詩と新体詩と……なんだかメビウスの輪のようだ。

雲峰の静かな歩み

湖処子、梅花、雲峰、透谷。同年代で創作のピークを迎えた四人の運命は縦に横にと交錯する。例えば、雲峰と透谷は、一八九一（明治二十四）年、同じ交差点に立った。舞台は『女學雑誌』。先に述べたが、雲峰はこの雑誌の編集者であり、多くの作品を発表していた。そして、明治二十四年六月に同誌で、透谷の『蓬萊曲《ほうらいきょく》』を批判する。『蓬萊曲』は、透谷渾身の長篇劇詩である。この評を読むや、透谷は「戯曲を論じて雲峰子に質す」と、激しく反論した。『蓬萊曲』を巡って激論を闘わした翌年の明治二十五年二月、透谷の「厭世詩家と女性」が『女學雑誌』に掲載され、一躍注目を集める。「恋愛は人生の秘鑰である」で始まるあの評論だ。これを読んだ同誌の主筆巌本善治は、透谷の才能を高く評価。これを機に、透谷の『女學雑誌』への寄稿は急激に増えていく。それと反比例するかのように、雲峰の寄稿は減り、やがて『女學雑誌』を去ってしまう。

その後、雲峰は、同志社女学校の教員になり、発表の場を『同志社文学』へと移していく。恐らくこの辺りの時期が雲峰の生涯で最も充実していたのではないかと、河野仁昭氏（同志社本部社史資料室）は述べている。その時期に、島崎藤村が雲峰を訪ねてもいる。その後、西欧詩研究のため渡米するが、ほどなく肺結核に冒され、帰国。一八九七（明治三十）年、三十二歳、志半ばで世を去った。湖処子たちの『抒情詩』が世に出る年だ。新体詩確立はもう目の前だったのに。さぞ無念だっただろう。しかし、河野氏は、雲峰の青春の証として、五七調を崩した新体詩への試みを紹介している。それは、讃美歌の曲に合わせた「秋の夕故郷を想ふ」の歌詞だ。

ゆふかぜたち、ひかげ消ゑぬ、
空いとさびしく、くれ渡りぬ、
窓の戸、ひらきて、
独りながむれば、おもひうかぶ……

五七でなく、敢えて「六、八、四」などの偶数音で変調するという斬新な試みをしていた。温和派の詩人雲峰。静かだが、新体詩へ向かって確かな歩みを進めていた。

透谷との出会い

梅花、雲峰の次は、「透谷について」と思うのだが、改めて調べてみると、既に膨大な論文や研究書が出ていることに驚いた。とにかく湖処子、梅花、雲峰に比べると断トツである。どうにも手に余る。そこで、本稿では湖処子と透谷二人の「青春の交差点」の思い出からたどってみることにしたい。そう考えたのは、透谷の未亡人、ミナ夫人が、藤村の『春』に寄せた一言だ。「宮崎湖処子さんが出て居ないやうですが、透谷と同氏とは非常に親しい仲でした」。「やっぱりそうか」と思った。そして、湖処子の「透谷を懐ふ」(『国民新聞』明治二十七年六月五日)を読み、交友の有様を知ることが出来た。そこには、透谷、ミナ夫人、湖処子三人の青春の一シーンが生き生きと描かれていた。

透谷は一八六八(明治元)年、神奈川県小田原に生まれ、門太郎と命名された。十三歳で東京に移り、十四歳で東京専門学校政治科に入学。湖処子は、ここで透谷と知り合う、当時をこう回想している。

「余が東京専門学校にありし時、人あり余に告げて曰く、塾に北村門太郎という人あり、この人頗る漫遊を好み、一旦飄然として出れば、五六十日は帰り来たらず、蓋し一奇人なり」（当時の透谷は「トラベラー」と綽名されていた）。

以来、卒業まで二人が会うことは無かった。ところが、湖処子が東京経済雑誌社に入り、銀座にあった会社近くを歩いている時、偶然透谷と再会する。「北村君にあらずや」と問うと、「君は宮崎君なりしや」と答えたとある。出会いは数寄屋橋交差点だった。透谷の住まいは、湖処子がいつもタバコを買っていた店の二階だったのだ（透谷の母親は数寄屋橋近くでタバコ屋をしていた）。この時、透谷は石坂美那子と大恋愛の末、十九歳で結婚していた。そう、新婚だったのだ。湖処子は二人の様子を、「君（透谷）の家庭、細君は常に歌ひ、君は常に黙思に耽れり」と書いている。湖処子が訪れると、「細君は歌を止め、君は空想を遂ひ、夫婦して我を迎ふ」。ある時は、シェークスピアの戯曲について議論にふける。あっという間に日が暮れてしまう。すると、夕食に天婦羅をとり（いつも天婦羅だったそうだ）、三人で食事を共にする。なんとも微笑ましい。ミナ夫人が新婚当時を思い出しながら、「透谷と同氏とは非常に親しい仲でした」と語った声が聞こえるようだ。

次頁の表は、明治二十四年に『国民新聞』と『国民之友』に掲載された四人の作品数の比較である。この時点で透谷の名は無い。二誌は、当時の日本を代表する一流紙であり、逍遥、露伴、鷗外など、名だたる文士たちが名を連ねた。湖処子は民友社の社員であり、前年に『帰省』でホームランを飛ばしていたのだから、掲載数は当然多い。梅花は、蘇峰を頼って、二誌を発表の舞台にしていた。この年は七本を出している。先の表でも示した様に、前年は、湖処子と並ぶ勢いの十四本と多作だった。競っていたかもしれない。雲峰は、『女學雑誌』が主な舞台だったが、既に詩人としての地位を確立していた。又、蘇峰の弟、徳富蘆花とは同志社時代からの親友であった。そんな縁もあったのか、『国民新聞』に三本が掲載されている。

一方、透谷の名前は無い。既にあの『楚囚之詩』を二年前に書き上げ、湖処子を驚かせていたというのに！　というのも、文壇の反応はほとんど無く、数本の評論を『女學雑誌』や『基督教新聞』などに投稿しているだけだったからだ。文壇ではまだ無名だった。それでも、一八九一（明治二十四）年五月には、代表作となる『蓬萊曲《ほうらいきょく》』*を書き上げ自費出版する。だが、これにも確かな手応えは得られなかった。失意、失望したのではないだろうか。しかし、この時から透谷の何かが動き出す。それについては、次章で述べたい。

1891年 (明治24年)	湖処子 28歳	梅花 26歳	雲峰 27歳
国民新聞	12本 新年所感 紀元節 山里五曲 歌人松浦辰男氏を訪ふ 夫婦 詩人 答雲外居士 再び雲外居士に答ふ 落武者 村落小記 白雲 小公子を読む	4本 浦のとまや 海と決闘 白楽天の花非花 遮獏天	3本 忠勇魂 風露宿 羇旅偶感
国民之友	3本 花王樹の問答 空屋 秋郊	3本 九十九の嫗 須磨の月夜 ものぐるい （最後の発表となる）	
計	15本	7本	3本
	※この年5月透谷の『蓬莱曲』出版される ➡　6月、雲峰『女學雜誌』でこれを批評 ➡　透谷猛反論		

＊『蓬萊曲』……舞台は蓬萊山（富士山）。透谷を思わせる先鋭的で内向的な青年（柳田素雄）を主人公に、この世を支配し、破滅に導く大魔王との対決をドラマティックに描いた劇詩。文芸評論家の小田切秀雄は「内省する自我意識を表現し、熟さぬ韻律を通しての詩的実験」と評している。

四人の詩想

　ここで改めて四人の詩作のピークをみると、一八八九（明治二十二）年から一八九一（明治二十四）年の三年間に集中していることがわかる。先陣を切ったのが、明治二十二年の透谷の『楚囚之詩』、翌年が湖処子の『帰省』。更に翌年の明治二十四年一月に雲峰の『知盛郷』、三月に、梅花の『新体梅花詩集』、そして五月に透谷の『蓬萊曲』と続く。詩士たちの青春は燦然と輝いていた。

　しかし、三人の詩士たちの創作活動は短かった。透谷二十五歳。雲峰三十二歳。梅花三十三歳と、明治三十年前後にまるで申し合わせた様に早逝するのだ。残された湖処子は、やがて文学を離れ宗教家としての人生を送る。

　四人は、青春時代を「新体詩」という交差点で行き交い、名作を残した。詩人の山宮允は、四人を二つのタイプに分けて考察している。温和と評された湖処子と雲峰をテンダーマインドの「軟心型」。過激と言われた梅花と透谷をタフマインドの「硬心型」とした。では、詩を比べてみることにしよう。先ず、「軟心型」の湖処子と雲峰から。

湖処子「雲雀」抄録

……

うばらが中を掻き分けて、見れば奥ふかき巣のなかに、ひばりの雛の四、五、親とやしたふ餌とやなく。

何なりともと見まはせば、芝生のうへにちりたるは。餌にあらずして親どりの、かたみのはねかこゝかしこ。

少女はそれとこゝろづき、茅花をかみてふくませぬ。茅花ふくみて雛はしも、あやしきまでにしづまりぬ。

いかにあはれとおもひけむ、いかにいとしくなりにけむ。遊びざかりのをとめ子が、日ごとにきては餌をやれり。

親とおもひて口あけて、餌をよびたつる様見ては、まだいわけなき子心も、親のこころになりぬべし。

……

このあさぼらけきて見れば、みなし子なりしあげ雲雀。数もそろひて久かたの、雲居にまひつあがりつゝ。

（明治二十三年『国民新聞』）

雲峰「梅咲く方」抄録

「さとの子よ　さとの子よ。うめのはな　咲くてふかたは　いづこぞや」。

うなゐ子が　うなゐ子が、ほほゑみて　ゑくぼの奥より答へけり。

「アノかたよ　アノかたよ」。

うぐひすの　こゑするかたをゆびさして。こゑするかたをゆびさして。

……

「うるはしき　さとの子よ。かくばかり　たがため抜くか　そのつばな」。

うなゐ子が　あはれにも、やまもとの　松の木かげを　打見やり、

「ち、は、にささげんと」。

あたらしき　ふたつのはかを　ゆびさして。ふたつのはかを　ゆびさして
……

「ち、は、はかしことや。うなゐ子よ　さらば失せぬる　人なるを」。

なほ頭をうちふりて
「かしこなる　たのしき国に　ありと聞く、このつばな　ともに見ん」。

ほそき手に　もてるつばなを　さしあげて。もてるつばなを　さしあげて。……


（明治二十七年『同志社文学』）

どちらも、幼い女の子と、茅花《つばな》をモチーフに「命」をうたっている（「うなゐ子」とは、髪をまとめて、うなじまで垂らしている子供。「茅花」とは、千茅の中の花穂で、ほのかな甘みがある）。哀しくも愛らしい抒情詩だ。湖処子は、みなし子の雲雀を空に舞い上がらせ、雲峰は、天の両親に向かって茅花をささげる少女の姿でしめくくる。詩想は共に、命への讃歌、人生への希望である。

一方、タフマインド「硬心」と分類された透谷と梅花の詩はどうだろう。これは、

詩の選択が難しい。そこで、『国民之友』に掲載された各々の作品を選んでみた。

中西梅花「九十九《つくも》の媼《うば》」抄録

其　一

息きれぬ、歩むに腰の骨痛し、杖もがな、ア丶、杖もがな、竹にもあれ、木にもあれ、手頃の棒のほしきことよ、……

昔は杖と云ふものを、老いたる人の曳かるゝに、今の我身が是ほどに、用ある物とは知ずして、母なる人の秘られて、祖父なる人の秘られし、あづさの弓の、ホ丶、我身ながら笑止のことや、……

……

其　四

ものずきな、エ丶、ものずきな、姫なら二人、をの子なら、三人の富をたもちつ丶、月にも、花にも、不足なく、栄花におはす御身にて、エ丶、ものずきな、

……

我身、ものに狂へりと、里の子供にはやさるゝハ、一途にものを思へバぞ、

かゝる時、一途にものを思へバぞ、身を空蝉の現つなく、もぬけの殻と成り果る
ハ、ものを一途に思へバぞ、……
（明治二十四年『国民之友』）

この詩は、『群書類従』の「常盤の姥《ときわうば》」から想を得たと言われているので、とりあえず読んでみることにした。すると、これが途方もなく面白い。梅花のネタ帳をのぞいた様な気さえした。落ちぶれた老婆が、往時の栄華を偲びながら、「酒が飲みたい、ワカメが食べたい、栗やザクロも……、あれもこれも」と叫ぶ。食欲旺盛なのだ。しかし、あまりにも年をとってしまい、子や孫に嫌われる自分を愚痴る。そんな老婆が、盥《たらい》の水に映った自分の皺だらけの顔を見て、まるで「鬼の日干し」の様だと言うのには大笑いしてしまった。「鬼の日干し」……ってどんな顔？　とにかくおかしくてたまらない。梅花の放埒は、こんな笑いから来ているのかもしれない。しかし、梅花は、笑いながらも、姥の姿を借りて、自分が置かれた辛く苦しい境遇をうたっている。「杖」とは、人生の杖を求めているのだ。そうして、「もの狂い」と言われるほどに自分が「もぬけの殻」となってしまったのは、「一途にものを思っているから」だとくり返す。確かにハードな内容だ。自虐的でさえある。「九十九の媼」は、笑いと不満、愚痴と自虐は裏表なのだと教えてくれる。

もう一人のタフマインド「硬心派」とされた透谷の詩はどうか。次章で詳述するが、透谷は明治二十五年から二十六年にかけて驚異的な数の執筆をしている。しかし、そのほとんどが評論であり、詩は少ない。明治二十五年が五本、二十六年が六本である。その内の一つ、死の半年ほど前に書かれた「雙蝶のわかれ」を抄録する。


ひとつの枝に雙つの蝶、羽を収めてやすらへり。

露の重荷に下垂るゝ、草は思ひに沈むめり。秋の無情に身を責むる、花は愁ひに色褪めぬ。

言はず語らぬ蝶ふたつ、齋しく起ちて舞ひ行けり。

うしろを見れば野は寂し、前に向へば風冷し。過ぎにし春は夢なれど、迷ひ行衛は何處ぞや。

………

夕告げわたる鐘の音に、おどろきて立つ蝶ふたつ。こたびは別れて西ひがし、振りかへりつゝ去りにけり。

（明治二十六年『国民之友』）

七五調の抒情詩である。透谷の短詩は、蝶や螢など、命はかないモチーフが多い。哀しいのだ。例えば、「ひらひらひらと舞ひ行くは、夢とまことの中間《なかば》なり」とか、「むかしの栄華は冷めたれど、いまの現実《まこと》はいつ覚めむ」など、虚無的ロマンチシズムが色濃く漂っている。梅花と題材は異なるが、厭世と虚無感が流れていることに変わりはない。

硬と軟

「新体詩」という交差点に立った四人の詩士たちの中で、特に湖処子と透谷の関係を語ろうとする時、私には、どうしても「透谷庵を懐ふ」が浮かんでしまう。天婦羅が出て来るあの追悼文だ。「ミナ夫人は天使の如く歌をうたい、透谷は黙思に耽る」……夫妻の新婚時代の家庭の空気が伝わる湖処子の名エッセイだ。

『楚囚之詩』以来、湖処子は暇あるごとに透谷を訪ね、議論を交わし、いつもの天婦羅をごちそうになった。海辺を散歩し、深夜に及ぶこともあった。湖処子は卒業以来、初めて真の友を得たのではないだろうか。革命の同志と袂を分かった透谷も、湖処子に巡り合い文友となった。二人は友情を深めていく。ある時、湖処子は、透谷の厭世主義の由縁に迫る。

余は余が赤誠を以って君が腹中に推したるに、君も亦遂に蔵《かく》す能はず、余に洩らすにその悲惨なる境遇を以ってし、その厭世の由りて来る所を明らかにす。嗚呼君人としては間然する所なき人也。

（「透谷を懐ふ」『国民新聞』明治二十七年六月五日）

湖処子は赤誠（ウソや虚飾の無い心）をもって、透谷の厭世の理由に迫った。そうして、遂に打明けられた秘密を聞いて、「ああ、君（透谷）はやっぱり、非難すべき所のない人間だ」と感動する。こういった心の渡り合いは、若く純粋な時期にしか生まれることのない一瞬である。透谷の秘密がどんな内容だったかは知る由もないが、「温厚」と言われた湖処子の「赤誠」に、透谷の固い心が開いたことに間違いはない。

湖処子は、九州（当時は日本の離島と思われていたらしい）の片田舎から二十一歳で上京。右も左もわからない東京で悪戦苦闘していた。『帰省』に書いている様に、東京を嫌い、軽蔑した。一方、透谷は東京育ちの都会人だったが、彼等の虚飾を嫌い、放浪を続け、政治活動に加わったが、敗れた。共に、生きる道を求める純粋な若者であった。しかし、孤独であった。そんな二人が文学に生きる大志を誓う。だから、透谷は初めての詩集『楚囚之詩』を湖処子に手渡した。湖処子は、その才に驚き、感動し、『帰省』を書く。こうして、明治の二つの名作は誕生した。

山宮允は、「バイロン型『硬心』の浪漫詩人透谷と、ワーズワース型『軟心』の浪漫詩人の湖処子とは、（明治）三十年代新詩の浪漫的復興を誘導した二人の重要な作家である」とした。絶妙な「硬」と「軟」の配剤といえよう。

敦厚

先の追悼文からの引用で、私は、「赤誠」という言葉に湖処子の美質を感じ取る。頑迷、強硬で知られた透谷である。どんなに親しくても、彼の心奥を聞き出すことは難しい。しかし、湖処子は透谷の声を聞くことができた。なぜだろう。地元の湖処子研究家、吉原勝氏は、湖処子の人生観は「楽天的、希望的である」と言う。もし、そうであれば、湖処子の楽天主義が、透谷の悲観的厭世主義に安らぎを与えたのかもしれない。もちろん、二人ともキリスト教徒であり、楽観と悲観の底流はつながっていたかもしれないが……。

そう思って、『帰省』を読めば、湖処子の楽天的希望的人生観が、作品の全編に溢れていることに気づく。描かれた家族や村人は皆、素朴でいい人である。悪人は出てこない。再度の引用になり、恐縮だが、第三章の「吾郷」には、こう書かれていた。

見よ渠等（故郷の人々）の眼は妄念の花に曇らず、其呼吸は都人の銅臭（銅銭の悪臭）なく、其言語は名誉の気息を吹かず、嫉妬も怨恨も其胸中を侵ず。

湖処子はウソや虚飾を嫌った。だから、湖処子の「温厚」は、正直で、人情深い。それを「敦厚」とも言う。「敦厚」は湖処子の特筆すべき美質であり、それが、爽やかな風となって、『帰省』に純白な読後感を与えた。透谷も、湖処子の詩を「純潔と清楚を以て世人に普く知られたり」と語っている。

二つの道

湖処子と透谷の青春が終わりを告げる時、二人は各々の道を歩み始める。一八九二（明治二十五）年がその分岐点に当たる。

『蓬莱曲』を書き上げた透谷は文壇で生きる決意をする。それを裏付けるのが、透谷の日記（「透谷子漫録摘集」）だ。明治二十五年二月十八日には、「湖処子及春のや先生を訪ふ」とある。恩師であり、文壇に影響力を持つ坪内逍遥と、既に名を成していた湖処子に今後を相談したのではないだろうか。湖処子とは親友であったが、この時初めて徳富蘇峰への紹介を頼んだと思われる。八日後の二十六日、透谷は『女學雑誌』主筆の巖本善治と面会する。日記には、「君われに向かひて女學雑誌文学批評の筆を執るを勧む之を諾す」とある。なぜ、『女學雑誌』なのか。二者の繋がりを遡ると、『女學雑誌』は、透谷の処女作『楚囚之詩』を批評欄に取り上げた数少ない出版社だったからだ。以来、透谷は数本の評論を同誌に投稿していた。だから、文壇デビューを決意した一月の下旬には、明治女学校に巖本氏を訪ね、紹介状代わりに「厭世詩家と女性」を渡していた。紹介状代わりの論文とは、いかにも透谷らしく格好がいい。それがきっかけで、文学批評を頼まれるのだ。こうして、透谷の身辺が劇的に動き始める。

更に半年後の同年八月三十一日には、『国民之友』から初めての原稿依頼が来る。それについて、「民友社より書状来り国民之友へ寄書せんことを請ふ、わが其の雑誌にあらはる、時機未だ来らずと自ら信ぜしこと或いは如何」と日記に書いているが、一流紙からの注文である。嬉しかったに違いない。十月、『国民の友』に評論「他界に対する観念」を寄稿。蘇峰からの依頼には、「平家蟹」と題した詩一篇を寄せている。更にこの時、「エマルソン伝記」執筆の打診があったかもしれない。それから二年間、まるで火がついたかの様に、次々と個性的で鋭い評論を発表するのだ。

数えてみると、これが凄い。明治二十五年の執筆数は、『女學雑誌』に詩と評論三十九、『平和』に翻訳と評論三十六、『国民之友』に詩と評論三本の計七十八本。翌二十六年には、『聖書之友』に評論、記事、翻訳など三十六、『女學雑誌』に評論と感想八、『評論』に評論と感想の二十三本、『平和』に評論、詩、翻訳など十三、『文學界』に詩と評論の十三、『国民之友』に詩と小説の二本で計九十五本。二年間で二百本近いのだ。他に民友社の『十二文豪叢書』の内の一冊、「エマルソン」も手掛けている。それまで無名だった透谷が一気に文壇に躍り出た。

更に、文学史上重要なのは、『女學雑誌』の縁で、島崎藤村、山路愛山、戸川残花らと知り合い、『文學界』へとつながっていくことだ（第八章で詳述）。そうして、それと重なり合うように、透谷はもう一つ、大きな仕事を成している。明治二十五年三月に創刊した日本平和会機関紙『平和』の編集・主筆を引き受けているのだ。日本初の反戦運動の雑誌で、透谷は精力的に取り組み、論評を展開した。

透谷の目覚ましいデビューの一方で、湖処子は初めての詩集『湖処子詩集』を出している。一八九三（明治二十六）年のことだ。『帰省』から三年後の三十歳の時である。

二十二篇が収められているが、新作は無く、これまでに発表した十八篇と、翻訳詩四篇（ロングフェローの「里鍛治」。ワーズワース「我等七人」、「泉」。ヒーマン「少年カサビアンカ」）から成る。先ず、出版社「右文社」による凡例を読んでみよう。

明治十七、八年の交、外山、井上、矢田部等の大学教授に新体詩の著書を唱道す、然れども今や人も詩も寂として文界に聞こゆる無し矣、独り小生涯の詩人宮崎湖処子の詩歌其後を承けて最も今日の文学界に行はる。

額面通りに受け取れば、この時点で湖処子は「新体詩」の第一人者ということになる。詩集巻頭は、ベストセラー『帰省』の新体詩「出郷関曲」と「先君の写真に題す」で飾られている。この時点でも尚、『帰省』は版を重ね、根強い人気を誇っていたからだろう。二十二篇ある詩の中から一篇を選び出すのは悩ましいが、「水」を詩題としたものが四篇あるので、その内の一つ「とまらぬ水」を。

里の小川を来て見れば、小魚《いさな》とるとてこどもらが、昨日もけふもおとつひも、ひねもす水をすくふなり。

さざれゆく水さらさらと、絶えず月日はながるゝを。里の子どもはいつまでか、
とまらぬ水をすくふらむ。

この詩集を指してかどうかはわからないが、透谷は明治二十六年の「文界時事」で、「近頃韻文の気勢餘り高からず……当今尤も多く韻文に力を盡すは湖処子と残花道人*にして、湖処子は近頃流水の詩あり、残花氏は白露の歌あり、この二家同にウォーズウォースを宗として錦繡を吐く」と評している。

＊残花道人……戸川残花（とがわざんか）。一八八五（安政二）年〜一九二四（大正十三）年。十九歳の時、一致派教会で受洗、伝導に努める。後に詩人として活躍。透谷、藤村らと『文學界』を創刊し、同誌に「桂川（情死を吊ふ詩）」を発表。透谷の絶賛を受ける。

『湖処子詩集』には、「鶯」、「羽子つく少女」などの秀歌があるが、もう一つ紹介しておきたいのが、「おもひ子」だ。

いづれの星かわが庭に　落ちてわ子とはなりにけむ、汝が愛らしき面《おもて》には　天つ
ひかりの輝けり。

いかなる書《ふみ》のかけりとも　徴《しるし》ありともわかねども、汝が顔ばかりいつ見てもいつまで見ても飽たらず。

……と続いて、最後はこう終わる。

天《あま》つ國にて大いなる　汝ゆゑに、あるかなき身にも、めぐみの露のかゝるかと思へばいとこそ嬉しけれ

子を思う気持ちがストレートに伝わってくる。言い遅れたが、湖処子は明治二十三年の五月に『帰省』に登場した恋人のムツと結婚、二年後に長男輝生《てるお》が生まれている。これは、その時の喜びを歌ったものだ。しかし、輝生は翌年、二歳になるかならないかの年に病気のため、世を去った。版元は、詩集の凡例で、「湖処子は緒言を本集に附するの約ありしも、愛子の大患に逢ふて果たさず」と陳謝している。丁度この詩集が出る十一月に亡くなったのだ。輝生は、音読みすれば、「きせい」。初めての子にかけた愛情が偲ばれる。

尚、この詩にはエピソードがある。詩に感動した美智子皇太子妃（当時）が、「皇太

「おもひ子」歌碑　近景（丸山公園）

「おもひ子」歌碑　全体（丸山公園）

子が生まれた時に、天から降ってきたように作ったのです」と、曲をつけられたのだ。福岡県朝倉市甘木の丸山公園には記念の歌碑が建立されている。

長くなってしまったが、透谷は評論家として第一線に立ち、湖処子は新体詩の詩人としての地位を確立。各々の道を歩んでいく。

この様にして二人の青春が終わりを告げる時、時代は日清戦争に向かっていた。これまで民友社が主導して来た平和主義も次第に軍国主義へと傾いていく。社員だった湖処子はどう思っていたのだろうか。透谷編集の雑誌『平和』も、やがて姿を消す。

そして、一八九四（明治二十七）年五月、透谷は「わが事終れり」として自死。二十五歳だった。その二ヶ月後に日清戦争が始まる。この戦争が、思わぬ形で湖処子を次の詩集『抒情詩』へと導いていく。独歩の登場だ。

独歩の登場

　実は、湖処子が詩集を出した一八九三（明治二十六）年辺りから、『国民新聞』の発行部数は激減していた。しかし、日清戦争勃発後、大本営への探訪記事によって盛り返す。更に国木田独歩の海軍従軍記（後の『愛弟通信』）が連載されると、一気に部数を伸ばした。

　独歩が、民友社に入ったのは一八九四（明治二十七）年九月。入社するとすぐに、上司の人見一太郎から海軍従軍記者を打診され、承諾。軍艦千代田に乗り込み、従軍記事を書いた。この功績を買われ、翌年には『国民之友』の編集を任される。二十五歳、大抜擢だった。言わば、日清戦争によって名文家として名を馳せ、一気に地位と名声を得たことになる。

国木田独歩は、一八七一（明治四）年、千葉の銚子生まれで、湖処子より七つ下である。明治二十年単身上京、翌年東京専門学校（現・早稲田大学）英語科に入学する。二十一歳で植村正久により洗礼を受けている。民友社で活躍。明治二十八年には大恋愛の相手佐々木信子と結婚するが、信子の突然の失踪により、翌年破婚。独歩は嘆き、傷つき、生涯この蹉跌を背負って生きた。

情熱家で波乱に富んだ人生を送った独歩を語れば話は尽きないが、本稿では、なぜ、湖処子を『抒情詩』へと導いたかに照準を絞ってみたい。そこで、独歩の日記『欺かざるの記』（明治二十六年二月四日から明治三十年五月十日まで）を手がかりに、詩集発行までを追ってみることにした。

独歩は、明治二十七年、民友社に入っているので、湖処子の後輩に当たるが、何しろ抜擢人事で副編集長になっているので、上司でもあった。七歳という年の差があるので、有り体に言えば、独歩にとっては所謂オジサン的な存在だっただろう。しかし、あの『帰省』を書いた文学の先輩として尊敬し、兄としても慕った。二人は事あるごとに会い、独歩の日記にも二十を超える往来が記されている。しかも、湖処子は傷心の独歩に再婚の相手を世話するほど親身になって面倒をみた。結局、再婚話はまとまらなかったが、とにかく親身だった。透谷に対してもそうだったが、湖処子は、「敦厚」をもって独歩にも接している。例えば、二十九年四月二十八日の独歩の日記には、「昨夜宮崎君を訪ひ、相伴ふて月下を逍遥せり。氏は米国行き（徳富蘇峰からアメリカ留学を勧められていた）を賛成せり。氏は宗教家たらんことを余に望むと云へり。……」と書かれている。まるで、弟を思う兄のアドバイスだ。

独歩も最初は政治家を目指したが、結局ジャーナリストの道に進んだ。しかし、民友社を辞め、「断固文学界に突入せんと欲す」と決意。明治二十九年九月七日の日記には、「われは詩人たるべし。これ吾が運命なり」と記す。この時二十六歳。想いは日を追う毎に高まり、翌月の日記には、「われは神の詩人たるべし。われは詩人たるべく今日まで独修し来れり。われは自己の道を歩むべし。われは詩人として運命づけられしことを確信す。全力を此の天職に注ぐべし。げに我は詩人たるべし。われには此の事の外に何の長所もあらず」とあり、想いを募らせている。

燃え上がる情熱は、詩作へ、そして『抒情詩』へと結実していく。

『抒情詩』へ

一八九七（明治三十）年四月に出された『抒情詩』は、宮崎湖処子、国木田独歩、田山花袋、松岡国男（後の柳田国男）、太田玉茗《おおたぎょくめい》、矢崎嵯峨の屋《やざきさがや》、六人のアンソロジーである。なぜ、この六人か。これについては、柳田国男の回想があるので、先ず、読んでみよう。

私には若いころの詩集が一つある。六人の仲間のものを集めた新体の詩集で、「抒情詩」という名で出されている。才気のあった国木田独歩が、六人の詩を集め、国民新聞にいた関係から、民友社に話して出したものであった。（中略）この六人の組み合わせは国木田の考えによったが、はじめに知っていたのは、田山と国木田と私が入っていることだけであった。他の三人のうちの一人は、田山の細君の兄さんの太田玉茗という坊さん、もう一人は嵯峨廼屋御室《さがのやおむろ》といって、後に二葉亭四迷などとロシア文学の研究をし、割におそくまで文筆活動をしていた矢崎金四郎である。

（『柳田國男全集21故郷七十年』）

「六人の組み合わせは国木田の考えによった」とあるが、独歩から詩集の相談を受けた湖処子が田山花袋と松岡国男を推薦していたのだ。二人ともまだ無名の文学青年だった。第五章で触れたように、湖処子は『帰省』を書き上げた後、松浦門下の「紅葉会」で和歌の勉強をしていたので、会の同人だった花袋と国男の才を認め、紹介していたのだ。独歩の明治二十九年十一月十二日の日記には、「新知の人、昨今両日の中に三人を得たり、独りは留岡幸助氏なり。他の二人は田山花袋、太田玉茗なり」とある。詩集発行の半年前のことだ。更に五日後の十七日には、花袋が松岡国男を連れて、独歩宅を来訪している。「終日談話す。雨降りぬ」とあり、詩集の構想を語り合ったと思われる。

ここで、花袋が初めて独歩を訪れた時の思い出から余話を少しだけ。

それは十一月の末であった。東京の近郊によく見る小春日和で、菊などが田舎の垣に美しく咲いてゐた。太田玉茗君と一緒に湖処子君を道玄坂の、ばれん屋といふ旅舎に訪ねると、生憎不在で、帰りのほどもわからないといふ。『帰らうか』と言ったが、『構ふことはない。国木田君を訪ねて見ようじゃないか。何でもこの近所ださうだ。湖処子君から話してある筈だから、満更知らぬこともあるまい』かう言って私は先に立った。

ところが、渋谷村の独歩の住まいは遠く、茶畑や大根畑を過ぎて細い道を上り、ようやくたどり着くことが出来た。

ふと丘の上の家の前に、若い上品な色の白い痩削な青年がぢっと此方を見て立ってゐるのを私たちは認めた。『国木田君は此方ですか。』『僕が国木田。』此方の姓を言ふと、兼ねて聞いて知っているので、『よく来て呉れた。珍客だ』と喜んで迎へて呉れた。

初対面の印象が鮮やかに描かれている。このやり取りからも、湖処子が詩集のメンバーを独歩に告げていたことがわかる。最初は湖処子と一緒に訪ね、独歩を紹介してもらう心積もりだったのだろう。そんな花袋の思い出話はカレーライスで締めくくられる。

帰り支度をすると、『もう少し遊んで行き給へ。好いじゃないか』袖を取らぬばかりにして国木田君はとめた。『今、カレーライスをつくるから、一緒に食って行き給へ。』（中略）大きな皿に炊いた飯を明けて、その中に無造作にカレー粉を混ぜた奴を、匙で皆なして片端からすくって食ったさまは、今でも私は忘れることができない。

（『東京の三十年』所収「丘の上の家」より）

これを読んで、透谷の天婦羅といい、独歩のカレーライスといい、思い出は食べ物と共に鮮やかに記憶されるものだと思った。いかにも愉快なエピソードだが、この時、花袋二十五歳、玉茗は独歩と同年の二十六歳。松岡国男は、二十二歳という若さだった。そうしてみると、三十三歳の湖処子は、一つ上の嵯峨廼屋御室とともに、同人の最年長組、文句なしの重鎮のオジサンだった。

独歩は、湖処子と相談をしながら、花袋や国男らの下に足繁く通い、詩集に向けて奔走した。携帯はもちろん、電話も普及していない時代だ。二十代の若い詩人たちは、顔をつき合わせて熱い議論を交わした。いい時代だ。翌明治三十年一月には、独歩が民友社の人見一太郎と交渉。「本日、人見氏と相談して新体詩集を民友社より出版する事に一決せり。」と、面倒な交渉をまとめ上げている。後に、『抒情詩』が、「民友社派の詩集」と呼ばれた由縁だ。若き独歩の行動力と交渉力が『抒情詩』を誕生させた。そして、それを見守ったのは、七歳年上の湖処子だった。

十五年後の新体詩宣言

こうして一八九七（明治三十）年四月末、六人のアンソロジー『抒情詩』は世に出た。詩集は、宮崎八百吉（湖処子の本名）編となっている。年長であり、メンバーの選定始め様々なアドバイスをしてくれた湖処子への独歩の配慮と思われる。六人は各々の詩の自序に自己の詩論を述べている。多分、独歩の企画だったのではないか。当時の詩壇に立ち向かう六人六様の熱情が個性を伺わせ、興味深い。参考のために、各人の自序の題と掲載の詩数を記す。

国木田独歩「獨歩吟」二十二篇、松岡国男「野邉のゆきき」二十三篇、田山花袋「わが影」四十篇、太田玉茗「花ふぶき」二十八篇、嵯峨廼屋御室「いつ眞で草」九篇、宮崎湖処子「水のおとづれ」二十六篇。

『抒情詩』を象徴するのは、何と言っても、冒頭に掲げられた独歩の小序「獨歩吟」であろう。詩への想いを熱く語っているのだが、熱さ余って、かなりの長文である。そこで、原文を交えながら、要約してその一部に止めることをお許し頂きたい。

これまでの日本にはバイロンやテニソンなど西洋詩を詠出するための詩体が存

在しなかった。そんな時、『新体詩抄』が出たのだ。四方から嘲笑されたけれども、この小冊子は「草間をくぐって流れる水の如く」たちまち山村の学校にまで普及した。このようにして、文界の長老たちが思いもかけない感化を全国の少年たちに及ぼしたのだ。

当時、数えの十二歳だった独歩は少年時代をそう振り返っている。それから十五年後、「斯くて時は来れり。新体詩は兎にも角にも新日本の青年輩が其燃ゆる如き情態を洩らすに唯一の詩体として用ゐらる可き時は徐ろに熟したり。」……続けて、「嗚呼詩歌なき国民は必ず窒息す。其血は腐り其涙は濁らん。歌へよ、吾国民。新体詩は爾のものとなれり」と高らかに宣言した。火傷しそうな独歩の檄文に圧倒されながらも、私が注目したのは、詩体についての彼の考え方である。

詩体につきては余は甚だ自由なる説を有す。七五、五七の調も可。漢詩直訳体も可。俗歌体も可。漢語を用ゆるの範囲は廣きを主張す。枕詞を用ゆる、場合に由りて大いに可。ただ、人をして歌はざるを得ざる情熱に駆られて歌はしめよ。……余はこの確信によりて『山林に自由存す』を歌ひぬ。……吾国には漢詩を直訳的に朗吟する習慣あり。七五、五七の流麗なる調の外、自から吾人の口頭に一種の調を成し居れり。余は此習慣を新体詩の上に利用し発達せしめんことを希望するもの也。

「歌いたい」という情熱さえあれば、形は問わないという自由な考え方。しかも、漢詩の調べを新体詩にも生かすという発想は実に斬新である……と、読みながら、これは、湖処子が『帰省』で試みた韻律と文体への「実験」ではなかったかと気づく。

ところで、「『抒情詩』って、どんな詩なの」と思っていらっしゃる方々に、彼等の詩を紹介したいのだが、何しろ、百以上ある詩篇の中から、一篇を選ぶのは余りに難題である。そこで、本稿では、独歩が自ら序に挙げた『山林に自由存す』を取り上げることにした。

山林に自由存す
われ此句を吟じて血のわくを覚ゆ
嗚呼山林に自由存す

いかなればわれ山林をみすてし

あくがれて虚栄の途にのぼりしより
十年の月日塵のうちに過ぎぬ
ふりさけ見れば自由の里は
すでに雲山千里の外にある心地す

眥《まなじり》を決して天外を望めば
をちかたの高峰の雪の朝日影
嗚呼山林に自由存す
われ此句を吟じて血のわくを覚ゆ

なつかしきわが故郷は何処ぞや
彼處にわれは山林の兒なりき
顧みれば千里江山
自由の郷は雲底に没せんとす

かなりゴツゴツの硬派である。独歩自身が自分の詩を「壮士が肩をいからした漢詩」と言っている様に、新体詩と言っても、やはり五七調の残る漢詩の調べなのだ。しかし、序にある様に、形式にとらわれず、「山林に自由存す」という自己の思想をくり返す歌いぶりは清新であり堂々としている。そして、二連目の「あくがれて虚栄の途にのぼりしより／十年の月日塵のうちに過ぎぬ／ふりさけ見れば自由の里は／すでに雲山千里の外にある心地す」や、四連目にある「なつかしきわが故郷は何処ぞや」との想いは、湖処子の『帰省』の詩想と同じである。キリスト教徒、東京専門学校同窓、ワーズワースに心酔……など二人には共通点が多い。これは透谷も同様であるが、故郷喪失の感慨は、殊に二人に強い。歌いぶりだが、独歩は力強く、湖処子は優しい。「硬」と「軟」である。

詩人の矢野峰人は、「獨歩吟」を指して、「此時迄、暗中模索、或は遅疑逡巡、或は右顧左眄しつつ僅かに自己の憂悶を遣るの手段として遇せられていた一つの文学形態が、自分の才能如何にかかはらず、大胆に自信と確信とを以て取扱はれるに至ったと言える。そうした意味で『抒情詩』一巻は、わが近代詩史上画期的なもの、一つの重要な道標たるべきものと言える」と位置づけた。

若い詩人たちの燃える様な情熱によって、近代詩への扉は開かれた。

水のおとづれ

一方、湖処子は、『抒情詩』の序を短くこう記した。

「……予の詩は即ち風に動さる丶葦にだも適はぬものなるが故に、予は之を以って必ずしも多くの人を動かさんことを願はず、人をして聊か思ふ所あらしむることを得れば足れり」と、随分穏やかで慎ましい。三十四歳という年齢のせいだろうか。後にこうも語っている。

自然の美妙なる配合布置を主観的に辿ると何となく造物主といふものが此の自然の背後に伏在して居るということが見える。それ等によって私はウォーズウォースの自然神教の主旨に感触し、黙会することが出来た。……で、其詩集の題を「水のおとづれ」としたのも潺湲《せんかん》たる渓水の音にも何等かの深い意味が宿って居るように思はれた故であった。

（『文章世界』明治四十三年）

湖処子は、ワーズワース*に傾倒し、自然に親しむ。流れる水の音にさえ耳を傾けた。『抒情詩』に寄せた二十六篇の中にも、「小川」、「里の子」、「水声」、「忘れ水」など、水にまつわる詩が多い。後に、宗教家として生きる人生を予感させる。それにしても、新体詩確立までの十五年間は長かった。それを「草間をくぐって流れる水の如く」近代詩へと繋いだのは、『帰省』発表以来、その意を汲んだ湖処子ではなかったか。周囲の攻撃にも負けず、大胆にやって来られたのは、文芸への一歩を「新体詩」から踏み出した若き日の覚悟だったと思う。その覚悟が、新体詩のフォームを、抒情詩という一つの形（フォルム）に導いた功績は大きい。そういった意味で、例え実質は独歩の力だったとはいえ、『抒情詩』に「宮崎八百吉編」と標されているのを見た時、私は胸を熱くした。

詩人の矢野峰人は、「明治三十年は、正にわが新体詩の確立された画期的な年として記念すべきである」と、明治詩史を俯瞰した。

*ワーズワース…一七七〇年〜一八五〇年　イギリスを代表するロマン派の詩人。湖水地方と呼ばれるコッカマスに生まれ、故郷の自然をこよなく愛し、純朴で情熱的な詩を書いた。

第八章　近代詩の夜明け

その後の新体詩

歴史が胎動する時は、同時多発である。近代詩もそうだった。『抒情詩』が出たのが、一八九七（明治三十）年四月。その僅か四ヶ月後には、島崎藤村の『若菜集』が出る。開かれた扉に一番乗りをしたのは、藤村だった。では、近代詩の夜明けを告げた『若菜集』五十一篇の中から、誰もが知る恋の歌「初恋」の冒頭二連。

まだあげ初めし前髪の
林檎のもとに見えしとき
前にさしたる花ぐしの
花ある君と思ひけり

やさしく白き手をのべて
林檎をわれにあたへしは
薄紅の秋の実に
人こひ初めし
はじめなり

何ともロマンティックな七五調文語体の新体詩である。他の詩もほとんどが、このフォームを取り、「春」、「秋」、「流星」、「逃げ水」など、どれもが濃い浪漫に満ちている。しかも、漢文調ではなく、言葉が柔らかでわかりやすい。ただ、「もしかして」と思ったのは、「初恋」の詩想が、『帰省』第六章の「恋人」と似ているということだ。『帰省』の恋人も可憐な娘で、湖処子のためにひたすら梨をむく。それが愛情の表現になっていた。藤村が影響を受けたかどうかはわからないが、ベストセラー『帰省』が発表された時、藤村十八歳。当然読んでいただろう。

「初恋」と『帰省』の共通項は、偶然ではない。というのは、藤村は突然に登場した訳ではないからだ。これまで見て来た様に、明治二十年代、湖処子、透谷、梅花、雲峰らは、新しい詩を求めて闘う詩士だった。若き藤村もそうであった。そうして、まるで運命でもあるかのように、藤村は透谷と出会う。藤村は透谷に心酔し、濃密な交流の時間を持つ。透谷の未亡人ミナ夫人は、「何と申してもあの時分の交友の有様はとても今日では見られない位情熱の勝つた美しいものでしたから、島崎さんはどんなにか追懐の念が深くてゐらっしゃるのでせう」（「『春』と透谷」）と語っている。

透谷と藤村は『女學雑誌』を通して知り合ったが、その『女學雑誌』は、二人の推進力を得て、文学誌『文學界』へと発展していく。一八九三（明治二十六）年一月のことだ。同人は藤村、透谷、平田禿木《ひらたとくぼく》、馬場孤蝶《ばばこちょう》、太田玉茗、田山花袋、松岡国男、太《おお》田《た》水穂《みずほ》、戸川残花《とがわざんか》らだった。この内の玉茗、花袋、国男らは、『文學界』に発表した詩を『抒情詩』にも寄せている。明治二十六年といえば、湖処子の個人詩集が出た年である。既にその時、近代詩は胚胎していたのだ。

『文學界』が文界に及ぼした影響は大きかったが、創刊の意は決して大げさなものではなかった。雑誌の「発行緒言」を抄録する。

今や文界の友に向ては此「文學界」なる冊子を発し此社員社友の棋道に志ある者相集ひて互に其得たる所思ふ所を述べ我好読者と共に幽味得て言ふべからざる

文界に逍遥遊し併せて志高く便り少き人の為に好修養場となり指導者となり又人々が一場に会して道に語り想を練り文を研くのたよりとなり以て他日の大成を待たんとするものなり（中略）されば今の文界の表面に出でゝ別に一派の旗幟を立てんことなど此冊子の志にあらず。

同人の一人、平田禿木も次の様に述べている。

私共は何も「ロマンティシズム」とか、「運動」とかいふものを意識してやったのではなく、唯同じ傾向の者が偶然集まって、その書いたものを互ひに見せ合ふといった気持ちに過ぎなかったのである。

藤村は、『若菜集』時代を振り返って、当時の状況を率直にこう語った。

明治に起った新しい小説の世界といふものは、非常な勢ひで広がっていきましたが、それに較べると、詩はまだごく狭い範囲にあって、それを読む人もすくなかったのです。さういふ空気のなかで、北村透谷君の仕事などに励まされて詩作をはじめた私は、いろいろ心細いことも多かったのです。どうかして小説なり散文なりと対等の位置へ詩をひきあげたい、（中略）第一私達が詩を書いて出さうとした頃には、適当な舞臺といふものが殆どすくなかったのですね。わづかに『国民之友』の一隅にそれがあり、それから『帝國文學』誌上に限られた舞臺があつたくらゐで、その他は殆ど雑誌の埋草も同様に扱はれてゐたかと思ひます。私は『文學界』の同人でしたから、『若菜集』の詩もそれで発表することができたようなものゝ、もしあの雑誌がなかったら、自分等の詩をのせるようなおもはしい舞臺すら見当たらなかったと思います。

藤村は『文學界』を舞台に次々に作品を発表、それが『若菜集』へと結実する。こうして、「新体詩」は「近代詩」となった。緒言に掲げられていた「他日の大成」が叶ったのだ。

今一度、湖処子の視点から、「近代詩」誕生までを俯瞰すると、明治二十年代前半の「新体詩」への模索から明治二十年代半ばの透谷の葛藤を経て三十年代の藤村へと、着実に世代交代がなされたことがわかる。もはや、湖処子の時代は終わり、次世代へと移っていた。詩の明治維新は藤村によって果たされた。しかし、その間、湖処子はじめ、実に多くの詩士たちが闘っていたのだ。では、闘いを終えた詩士たちは、それからどんな歩みを辿ったのだろうか。

詩士たちのそれから

『抒情詩』や『文學界』の詩人たちで、詩作を続けた人は意外に少ない。湖処子の人生は後述するとして、改めて「新体詩」の詩人たちの「それから」を時系列に遡ってみることにする。

『新体詩抄』の生みの親である三人のエリート学者外山正一、矢田部良吉、井上哲次郎は、東京大学教授、東京大学総長、文部大臣、貴族院議員など、流石の経歴でエリートの道を歩んでいる。少し驚いたのは、植物学者の矢田部良吉で、『新体詩抄』発表から十七年後、四十九歳で、由比ヶ浜で溺死していたということだ。『抒情詩』が出た二年後のことだった。

次に、新体詩の長篇物語詩を書いた二人。

『十二の石塚』の湯浅半月は、同志社の教授となった。英米で図書館学を修め、京都府図書館長にもなっている。大変な博学で、ヘブライ語原典旧約聖書の翻訳にも当たった。

もう一人、『孝女白菊』の大ヒットで、新体詩を世に広めた落合直文。この人は、終生詩歌と共に生きている。第一高等学校で教鞭をとりながら、和歌の改良を目指した。尚、『抒情詩』の出た明治三十年には、佐々木信綱、正岡子規、与謝野鉄幹らと「新詩会」を結成して、合著詩集『この花』を刊行した。

北村透谷については既に述べたので略すが、二十五歳で自死。短い人生だった。中西梅花、磯貝雲峰についても先述したので重複を避けるが、雲峰三十二歳、梅花三十三歳とは、余りにも短命である。三人の「それから」が語れないのは惜しまれる。

次に『抒情詩』に集った六人の詩人たちはどうか。

独歩は、『抒情詩』を主唱後、小説へと向かう。詩の発表と同時進行で小説『源叔父』、『忘れ得ぬ人々』、『武蔵野』に続き、「牛肉と馬鈴薯」、「春の鳥」など所収の『独歩集』を刊行。文名を高めた。しかし、やはり短命で、三十八歳で世を去っている。

花袋もやがて詩を離れ、小説へと進む。『蒲團』や『田舎教師』を発表。小説家として名を残した。松岡国男（柳田国男）は、後に官吏となり、地方視察の旅に出たのがきっかけで、日本を代表する民俗学者になっている。太田玉茗は、羽生山建福治寺の住職となり、文壇と絶縁した。嵯峨の屋御室は、『抒情詩』以降も詩作を続けるが、日露開戦以降、陸軍士官学校でロシア語を教え、文壇を離れた。

『若菜集』で近代詩を確立した藤村は、やがて小説へと進み、『春』、『破壊』、『夜明け前』などを発表し、自然主義文学に金字塔を立てた。

詩から小説へ

様々な人生を送った明治の詩士たちの内、独歩、花袋、藤村……など当時二十代だった詩人たちは、詩を離れ小説へと進み文学史に名を刻む。

詩と小説という観点でみれば、「新体詩」が「物語詩」へと進んだ時、『十二の石塚』にしても、『孝女白菊』にしても、既に詩というより小説に近いものだったと言える。透谷の長詩『楚囚之詩』にしてもそうだ。雲峰の「梅さく方」、湖処子の「雲雀」や「羽子つく少女」も、短篇小説を思わせる。詩と小説の分水嶺はどこにあるのだろうか。

このことについて、時代は一気に飛び、……と言っても、今から五十年ほど前なのだが、吉本隆明、鮎川信夫、大岡信の三人の詩人によって行われた鼎談で、吉本隆明[*1]

がこの問題に触れていた。

「ぼくは、（明治）三十年代の初めから四十年代にかけての詩人というものを見て、たとえば松岡国男とか田山花袋とか、そういうのは典型的にそうなんだけど、あるいは国木田独歩でもそうですけど、詩が、決して悪くはないと思いますが、たとえば独歩をとってきて、『源をぢ』という小説に匹敵するような詩は書いてないような気がする。松岡国男でも、つまり柳田民俗学みたいな、あるいは農政学みたいな、そういうものに匹敵するような詩では到底ないというふうに思いますしね」。

続けて、花袋を例に取り、「『田舎教師』とか、『一兵卒の銃殺』とか、それに匹敵する詩とは到底思えない…」と発言している。

藤村についても、「藤村はあきらかに『若菜集』で、なにはともあれ抒情詩の一スタイルを確立しちゃった。しかし、この人はこれを全うできたかというふうに考えていくと、どうも、だんだん詩としてはいけないんじゃないかな、という感じになってくるように思うんですよね。そうすると、散文のスケッチみたいなのから始まって小説へいくというふうな、こんどこっちのほうが本業になっていく。これはいわば叙事的な要素が、一人の詩人のなかで二つに分かれていっちゃった。」と、叙事詩から小説への分水嶺を指摘した。

これを受けて大岡信[*2]は、「小説とか散文の優位のなかで、詩集をまとめるということ自体が、だいそれたことだった。それからもう一つ、文体に関しては、言文一致体というもの、絶対にこれはやらなきゃならないということがあった。けれどもそれが、詩のなかでなかなかうまくできないということもまた、大問題だったと思うんですね。そういうことと叙事的な、あるいは劇詩的なものへの関心とがどこかでつながってるに違いないって気がします」と分析する。

そして、「新体詩を一所懸命やったけれどもしっくりこない、掛声はかけてもはかばかしい応答もないというので、散文の方へ行ってしまった連中というようにね、新体詩の両脇にそういう連中がたくさんいたんですね。やっぱりあの時代にひとつ大きな波があった」

この鼎談『討議近代詩史』は、『新体詩抄』から約百年後、現在からだと、五十年近く前に出されたものだが、議論の答えは現在も出ていないのではないだろうか。それだけ、あの時代の大きなうねりは激しく、複雑だった。新体詩を乗り越えた人、呑み込まれた人、離れた人、様々である。では、湖処子はどうだったのか。

＊1　吉本隆明…一九二四（大正十三）年〜二〇一二（平成二十四）年。詩人、評論家。初の

詩集は『転位のための十篇』。他に『高村光太郎』、『文学者の戦争責任』など、評論家として鋭い切り口の理論展開で知られた。
＊2　大岡信…一九三一（昭和六）年～二〇一七（平成二十九）年。日本を代表する詩人。詩集『記憶と現在』でデビュー。多くの詩作と評論を発表した。受賞多数。朝日新聞連載の『折々のうた』でも広く知られている。

湖処子のそれから

詩から小説へと言っても、分水嶺の時期が明確な訳ではない。水脈は、次第に分かれていったのだ。湖処子もそうであるが、『抒情詩』のメンバーだった独歩や花袋、玉茗も数年間は新体詩集に名を連ねている。主な詩集を挙げてみよう。

1　『月刊新体詩　心之緒琴《おこと》』
『抒情詩』から半年後の一八九七（明治三十）年十一月。湖処子三十四歳。石橋哲次郎編で、湖処子の他、与謝野鉄幹、国木田独歩、佐々木信綱、武島羽衣、太田玉茗、田山花袋、大町桂月、正岡子規など十六人が詩を寄せた。錚々たる顔ぶれだ。

2　『新体詩集　山高水長《さんこうすいちょう》』

一八九八（明治三十一）年一月発行の有名な新体詩集。湖処子三十五歳。石橋哲次郎編で、『抒情詩』のメンバーの内の五人（湖処子、独歩、花袋、国男、玉茗）と、佐々木信綱、正岡子規、大町桂月、桐生悠々など、合わせて十二名が参加。新体詩集のご先祖株と言われ、十二版を記録した。

3　『韻文　花天月地《かてんげつち》』

一八九九（明治三十二）年七月発行。湖処子三十六歳。石橋愛太郎編。湖処子、独歩、花袋、玉茗の『抒情詩』メンバーと、土井晩翠、佐々木信綱、与謝野鉄幹、正岡子規、緒方必水。これもすぐに七版を重ね、以降も一年毎の再販で良く売れた。

4　『新体詩指南』

一九〇〇（明治三十三）年四月。湖処子三十七歳。

5　『新体詩集　五彩雲《ごさいうん》』

一九〇五（明治三十八）年十一月。湖処子四十二歳。湖処子、戸川残花、与謝野鉄幹、小林暁波、佐々木信綱五人のアンソロジー。

これらを見ると、『抒情詩』以来、毎年の様に新体詩集が発売され、版を重ねている。ということは、新体詩は明治三十年以降もかなり人気があったということだ。湖処子は新体詩集のどれにも名を連ねていたのだから、新体詩を代表するレガシー的存在だったのだろう。

しかし、この頃、湖処子の心は詩から離れていたと思われる。明治四十三年の『文章世界　文學から宗教へ』で、当時をこう回想している。

　何だか新体詩にのみよって自分の思想を発表するのが、手緩いように思はれて自然界の宗教、自然を透して神の意志の直接に表はれた現世間の世相に目をつけねばならぬと思って、此度は小説に筆を染めた。「空家《くうおく》」、「人寰《じんかん》」、「自然児」等が其折の作品である。

湖処子は小説への試みを既になしていた。『帰省』の翌年発表した「村落小記」、「空家」などだ。分水嶺からの流れは最初小さく、後に大きくなっていく。そして、『抒情詩』二年前の明治二十八年に「鶴が無事」、「一樹陰」、「自然児」を。翌二十九年には「人寰」、「山の音楽」などを出している。少し驚いたのは、間を置いて明治三十九年からは所謂告白小説スタイルの作品など、トータルでみると、かなりの数の小説を出していたことだ。

作品の多くは、故郷三奈木を舞台にしているが、近代詩研究家の境忠一氏は、湖処子の小説を「湖処子は明治二十三、四年時代には、没落した士族を描いて、明治初年の村落の現実を定着させたが、明治二十九、三十年時代には、……村落の現実は神秘化され、物語の世界として美化されている。しかも、時代が進むにつれて、湖処子は時代から背をむけるように幼年の思い出を秘めた土俗の世界へ帰ってゆくのである。湖処子が明治三十年代を迎えると、文学から宗教へむかっていったのも由なしとしない」と評し、「あまりに直截に故郷を求めたために、土俗の呪縛にかかって、近代から取り残されたのではないか」と指摘した。

指摘にある通り、『抒情詩』前後の明治三十年代には、独歩、花袋、藤村らの新鮮な感覚による作品が、湖処子を追い越していく。国木田独歩や田山花袋は知っていても、宮崎湖処子を知る人がほとんどいないのは、このためだ。

こうして、湖処子は、明治三十年を過ぎると文壇を離れ、キリスト教に生きる。しかし、やがては教会とも別れ、独立伝道を続ける。大正時代に入った晩年には「神の啓示を受けた」として、一切の所有物を売り払い、自宅に「再臨の基督」の看板を掲げて個人伝道を続けた。しかし、教会からも異端視され、孤立した。

最期は、代議士小寺謙吉の屋敷で脳溢血で倒れ、一九二二（大正十一）年、五十九歳で急死する。八月九日のことであった。その死は、誰に知らされることもなかったという。かつての文友柳田国男は、『故郷七十年』の中で、「後には居所も判らなくなり、亡くなった時には通知もうけなかった。」と書いている。

第九章　青春の詩

桃源花への道

　本書を書くに当たって、一度は訪れようと思っていた場所がある。湖処子の母親の実家、豊島家があった朝倉市佐田である。『帰省』の白眉と言われる第七章「山中」に描かれた桃源郷で、「慈愛の祖母エツさんが涙を浮かべて迎えた」と書かれている。本稿第四章の「絶唱」でも触れたように、深山幽谷の地であり、湖処子はこよなくこの地を愛した。上京前はここで小学校の教師をしていた思い出の地だ。湖処子研究家の多くが訪ねるメッカでもあるが、同郷でありながら、私はここを一度も訪ねたことが無かった。なにしろ、佐田の地名さえ知らなかったのだから。

　天気予報とにらめっこをしながら、訪問は晩秋の晴天を選んだ。湖処子の桃源郷には秋晴れが似合うと決めていたからだ。朝倉市甘木から湖処子の実家がある三奈木を過ぎて東に十二キロメートルほど走ると到着する。時間にすると三十分ほどなのだが、村までの道は上り坂と思えば下り坂になり、下りと思えば、また上りになるくねくね道が続き、対向車が来るたびにハッとする。冒頭で述べた六年前の九州北部豪雨では、佐田も大きな被害を受け、復旧工事は今も続いている。幸いにも、ここまでの道路はほとんど舗装されていたが。

湖処子時代は、森が覆いかぶさる様な暗い山道で、かなりの悪路だったと思われる。川沿いに板を渡しながら歩いたのだと思うと、「山中」での表現が決して誇張ではなかったのだとわかる。

車が山路を抜けて、突然青空が開けた時は、「ああ、着いた」と、ホッとした。湖処子の言う「豁然（からりと）として路開くれば、眼中の烟村、これぞ我武陵桃源なる佐田村」といった感じだ。晩秋の空は澄みわたり、何処までも青く輝き、空気は驚くほど澄んでいる。

番地を確認すると、すぐ目の前が豊島家だった。第十七代のご当主、豊島昌美《とよしままさみ》氏が出迎えてくださった。ここが、「山中」に書かれている湖処子の母親チカさんの実家である。すぐ傍を佐田川が流れ、正面には、鳥屋山《とやさん》*を望む絶景の地。湖処子の「桃源花」だ。

朝倉市佐田　母チカの実家・豊島家　当時の家は明治三十二年頃焼失した為、同地に建て替えられている。

佐田川

＊鳥屋山…『帰省』では「都屋山（とやさん）」と表記されている。英彦山の修験場で、標高六四五メートル、北面は絶壁を成す険しい山容。

秋の陽に映えて流れる佐田川を見ていると湖処子の「小川」と題された詩が浮かんで来る。

長くもあらぬ秋の日は、さすらふほどにくれにけり。はなやかなりし夕紅《ゆうやけ》の、空もやうやく霞むなり。稲《いね》をかりける賤の男や、束《たば》をつくりしをと女らが、にぎはひたりし千まち田も、夕になれば人はなく。たてる狭霧をふすまにて、ねむるに似たるすがたかな。

小川の流唯ひとり、さゝやきつゝぞながれゆく。

知らぬ旅路にゆきくれて、こゝろは宿にいそげども、野中の里の程とほみ、あたりにとはん家もなし。鳥は林にかへれども、われをねぐらにともなはず。鐘はまぢかにひびけども、見ゆるかぎりは寺もなし。影だにそはぬ墨ぞめの、ゆふべにひとりまどひつゝ。

小川の流唯ひとり、たゆたひもせずながれゆく。

あはれ小川よ爾《な》がほかに、旅のしるべも今はなし。水のながれを爾が胸に、くまざる人はなかるべし。あはれ爾がゆく方にこそ、里も宿りもあるべけれ。野はくれたれど爾が聲を、とめてたどらん何處《どこ》までも。

小川の流さらさらと、さそふが如くながれゆく。


（『抒情詩』所収「水のおとづれ」より）


湖処子三十四歳の詩だが、気に入っていたのだろう。四年前に出した『湖処子詩集』の同じ詩稿に数ヵ所手を加え、うつろい行く人生を川の流れに託して淡々とうたっている。

これを『帰省』時代の新体詩と比べてみると、「詩人の七年」という歳月を目の当たりにする思いである。

無理もない。「小川が語りかける」様な桃源郷から上京した湖処子を待っていたのは、明治の激流だったのだから。

明治二十年代

激流の源泉は、明治二十年代の若さにあった。言ってみれば、当時の湖処子が身を置いた全てがそうだった。詩人湖処子誕生のポイントなので、重複を恐れずにその幾つかを挙げてみる。

先ず、進学先。入学した東京専門学校（現・早稲田大学）は、一八八二（明治十五）年の創立。開校してわずか二年目の新しい学校には、立憲改進党のリベラルな風が吹いていた。ここで出会ったのが、師の坪内逍遥。逍遥と言えば、東京大学を卒業した文士であり、シェークスピア研究の第一人者だ。大学では英語、西洋史、社会学、憲法論などを教えた。前述した様に、当時は気鋭の文学者で、『小説神髄』と『当世書生気質』で、気を吐いている。逍遥も若かったのだ。湖処子は、ここで「言文一致」の洗礼を受ける。

とにかく、学校も学生も教師も若かった。自由革新の空気溢れるキャンパスで、湖処子は刺激的な青春を送った。

そしてもう一つ、キリスト教。卒業間際に牛込教会で洗礼を受け、プロテスタントの信者となるのだ。プロテスタントは、明治初期にアメリカから入ったキリスト教で、カトリックに対し「新教」とも呼ばれた。プロテスタンティズムは、当時の青年たちの人生観に大きな影響を与えていく。もちろん、湖処子もそうであり、生涯を決定する源泉となった。

こうして上京するや、新しい学校、新しい知識、新しい宗教の洗礼を浴びる。言ってみれば、明治二十年代の新築の家に入り込んだようなものだ。

まだある。湖処子の就職先の民友社だ。民友社は、徳富蘇峰が起こしたが、蘇峰はその時、二十三歳。カリスマ蘇峰と湖処子とは、わずか一歳しか違わないのだから本当に驚いてしまう。蘇峰が立ち上げた『国民新聞』は、たちまち日本のオピニオンリーダーになり、明治を牽引した。湖処子は、『国民の友』と『国民新聞』を舞台に筆を奮う。民友社の全盛は、明治二十年から三十年辺りまでで、時代の若さと湖処子の青春とがピタリと重なり合う。その真中で『帰省』は生まれ、ベストセラーになった。正に、明治の青春の詩だ。

『帰省』を誰よりも評価した明治文学研究の泰斗、柳田泉は、「明治二十年の時點において、これほどの田園文學的傑作を思いついたのは、詩人とも天才とも言えるであろう」と、湖処子を讃えた。

幻影のふるさと

やがて青春を過ぎ、詩を離れた湖処子は、キリスト教に生きて波乱に富んだ後半生を送った。昨年没後一〇〇年を迎えたが、故郷には終に帰ることなく、東京青山の墓地に眠っている。望郷の念をうたいながら……。

「故郷を懐《おも》ふ」（『湖処子詩集』）

ふる里の空をはるばる立ちいでて、日かず数多《あまた》になりぬれば、けふは帰らむ明日こそと、思はぬ日とてなかりけり。

ふる里の　空にこころは通へども、旅路はるばるたどり来て、鳥ならぬ身は徒《いたづら》に、翼のなきをなげくなり。

思ひわび、あなたの空をながむれば、あな羨《うらや》ましかりがねは、友よびつれて故《ふる》さとに、きのふもけふも帰るなり。

「今日は帰ろう、明日こそは」とか、空を見上げて「ああ、故郷に帰る雁（鳥）がうらやましい……」などと、まるで幼子の様に故郷を慕う。

思えば、湖処子の詩想のほとんどは「ふるさと」であり、湖処子は「ふるさと詩人」として名を成した。しかし、生きる道はもはや故郷には無く、東京で文芸の道を進む現実にあった。だから、「もう戻ることの出来ないふるさと」を幻としてロマンティックに謳い上げたのだ。そのロマンは『帰省』最終章に「幻影」という詩藻で重ねられた。

回顧すれば是迄送り来たりし兄弟は、此より去りて空しく眼中の幻影となりぬ。尚ほ往くほどに、郷党も亦去りて幻影となり、……今は吾家を出ること三里、車を停めて顧望すれば、吾故郷も亦幻影となり、暫らく見えて亦消え隠れぬ。

（第九章「離別」）

こうして、幻影となった故郷は青春の「追懐」となる。

暮れてゆく日は又明けず、今日も昔となるめれど、たのしき時は故郷の、追懐《おもひいで》にぞ残りける。

別れては又逢ふことの、ありや、いつぞと知らねども、恋しき人は故郷の、追懐にぞ残りける。

雲の通路、波の音の、及ばぬ旅に我ゆけど、愛(め)でたき景色は故郷の、追懐にぞ残りける。

くり返そう。故郷はもう戻ることのない幻影だからこそ、ロマンとなって、哀しく美しく詩《うた》われた。私は思う。故郷への一途な思慕を一途に詩《うた》った湖処子の青春に、ミューズが微笑んだのだと。

(東京にて) 家族写真　湖処子、後妻タツ、次男、娘二人 (提供　豊島昌美氏)

あとがき

佐田からの帰途、十分ほど西に走った頃だろうか、標識に久喜宮《くぐみや》という地名がみえた。父の母の実家があった土地だ。幼い時に母親を亡くした父は、夏休みをここで過ごしたと聞いたことがある。しかし、私は一度も訪ねたことが無い。祖母の生地なのだが、実家の墓石に刻まれている「君枝」という名だけで、何という姓だったのかも知らなかった。

それにしても、湖処子の母の実家を訪ねる道筋に、私自身の血脈の地があるとは、全く思いがけないことだった。『帰省』を読んでも、その事には気付かなかった。もはや、父は遠くにかすんでいる。まして顔も知らない祖母のことなど……。祖母の実家がどこなのかはわからなかったが、湖処子の故郷、三奈木と佐田に通じた土地であることに間違いはない。「地脈」という言葉が浮かんだ。湖処子の故郷の地層と、私の故郷の地層はつながっていた。「地脈」は「血脈」にも通じる。

『帰省』の中で、故郷を目の前にした湖処子は、「アア嬉し、今よ故郷は吾目に見えたり……我思はずも車を飛び下りてその路艸に接吻したり」と書いている。読んだ時は、「何と大仰な」と思ったが、今、その気持ちがわかる様な気がした。決して大げさではなかったのだ。土は故郷そのものであり、命を象徴しているのだから。

戦争や、天災などによって故郷を失った人達もいる。テレビ局時代に、チェルノブイリを取材した。四歳で被曝した二十代の女性は、「三十年、五十年たって、もし、故郷に戻れたら、カーテンを開けて新しい時代を生きていきたい」と語った。しかし今、ロシアのウクライナ軍事侵攻で、彼女は再び故郷を失うかもしれない。胸塞がれる。だから、故郷を持てることは幸せである。


最初はあれほど読み辛かった『帰省』だが、気が付けば、明治という時代を深呼吸していた。同じ時代を生きた詩人たちも魅力的だった。もの言いに風格があり、行動が果敢で潔かった。口ずさめば、清々しい青春の詩が聞こえて来る。ほうら、もう、明治の風の中を揺蕩《たゆた》っている。

申し訳なく思うのは、詩のほとんどが抄録になってしまったことだ。また、あの時代に生きた詩人たちの息遣いを感じて頂こうと、できるだけ原文のままとしたので、漢字も辞書無しには読めないものが多く、表記も現代とは異なり、読み辛いものとなった。何卒ご海容頂きたい。

最後になったが、刊行にあたって、「未知谷」の飯島徹氏にはお礼の言葉しかない。「忘れ去られた詩人宮崎湖処子をなぜ今？」の問いに答えることができない私を見捨てずに、導いてくださった。氏の度量に感謝するばかりである。

また、いつもながら要領を得ない私をサジェストして頂いた編集実務ご担当の伊藤伸恵氏にも心からお礼を申し上げる。

引用・参考文献

『新日本古典文学大系明治編28国木田独歩　宮崎湖処子集』二〇〇六年　岩波書店
『明治文學全集36民友社文學集』一九七〇年　筑摩書房
『明治文學全集60明治詩人集（一）』一九七二年　筑摩書房
『明治文學全集29北村透谷集』一九七六年　筑摩書房
『明治文學全集32女學雜誌・文學界集』一九七三年　筑摩書房
『日本現代詩大系第一巻』解説山宮允　一九五〇年　河出書房新社
『宮崎湖処子伝――甦る明治の知識人』木村圭三　二〇〇九年　彩流社
『当世書生気質』坪内逍遥　二〇〇六年　岩波文庫
『浮雲』二葉亭四迷　一九七二年　岩波文庫
『柳田國男全集21故郷七十年』一九九七年　筑摩書房
『室町時代物語大成第10』一九八二年　角川書店
『東京の三十年』田山花袋　一九九八年　講談社文芸文庫
『北村透谷と国木田独歩』平岡敏夫　二〇〇九年　おうふう
『宮崎湖処子国木田独歩の詩と小説』北野昭彦　一九九三年　和泉書院

『詩と故郷』境忠一　一九七一年　桜楓社
『討議近代詩史』鮎川信夫　吉本隆明　大岡信　一九七六年　思潮社
『宮崎湖処子』吉原勝　一九六七年　九州出版社
「『宮崎湖処子日記』と『昇天の福音の由来』」井上忠　一九七四年　『福岡大学人文論叢』　福岡大学研究推進部
「書生の〈夏〉　宮崎湖処子『帰省』の周辺」石川巧　一九九八年　『敍説』　花書院
『郷土詩話』近藤思川　一九六五年　思川建碑期成会
『桜桃とキリスト　もう一つの太宰治伝』長部日出雄　二〇〇二年　文藝春秋
『舊新約聖書』一九八二年　日本聖書協会

尚、引用した『国民の友』、『国民新聞』、『文章世界』の記事は、国立国会図書館より。

ばば あきこ

1973年県立福岡女子大学卒業後、テレビ西日本入社。アナウンサーを経て制作部ディレクターに。「螢の木」で芸術選奨新人賞受賞。他に、炭坑を舞台にした「コールマインタワー～ある立て坑の物語～」、チェルノブイリを取材した「サマショール」など、ドキュメンタリーを数多く手がける。著書に『螢の木』『筑豊　伊加利立坑物語』『蚕の城』『加納光於と60年代美術』『誰も知らない特攻』『傷ついたマリア』（未知谷）がある。

宮崎湖処子《みやざきこしょし》 明治青春《めいじせいしゅん》の詩《うた》

2023年 6 月15日初版印刷
2023年 6 月30日初版発行

著者　馬場明子
発行者　飯島徹
発行所　未知谷
東京都千代田区神田猿楽町 2 丁目 5-9　〒 101-0064
Tel. 03-5281-3751 / Fax. 03-5281-3752
［振替］ 00130-4-653627

組版　柏木薫
印刷所　モリモト印刷
製本所　牧製本

Publisher Michitani Co. Ltd., Tokyo
Printed in Japan
ISBN 978-4-89642-692-2　C0095

馬場明子の仕事

螢の木

ニューギニア戦線の鎮魂

16万人のうち14万人が飢餓に斃れ、帰らぬ人となった激戦地に、今も彼らの魂が宿り明滅するという「螢の木」がある。この木を記憶する帰還兵の生々しい証言を追ったＴＶドキュメンタリーの取材記録を基に、明らかになる壮絶な人間像。

978-4-89642-363-1　192頁　本体2000円

筑豊 伊加利立坑物語

炭鉱節の故郷で生まれた、地下658mから石炭を運び出す巨大タワー伊加利立坑。その設計に携わった一人の技術者の記憶をもとにその数奇な運命を辿り、数えきれない政治的矛盾等と、それに立ち向かった人々の闘いを描くドキュメント。

978-4-89642-421-8　160頁　本体1600円

未知谷

馬場明子の仕事

誰も知らない特攻

島尾敏雄の「震洋」体験

17年前TV番組「幻の特攻艇震洋の足跡」製作時、話を聞かせてくれた元震洋隊の方々。久しぶりに訪ねると、彼らはこう言った。「もう誰も知りませんよ」。元第18震洋隊長島尾敏雄の作品を手がかりに改めて「震洋」を追う。

978-4-89642-588-8　160頁　本体1600円

傷ついたマリア

片岡津代さんの祈り

1945年8月9日、長崎で原子爆弾炸裂。津代さんは24歳で被爆した。敬虔なカトリックだった津代さんは、83年バチカンの教皇庁でローマ法王に謁見、体験を語ることへの長年の逡巡を捨て、使命感から晩年まで人前に立った、長崎の語り部。

978-4-89642-629-8　160頁　本体1700円

未知谷